目次

第一章　眠りの中で　9

第二章　再　起　70

第三章　薬丸新蔵

第四章　具足開き

第五章　赤松の囚われ人

終　章

あとがき　342

決定版刊行によせて　346

肥前
天草
八代
薩摩街道
球磨川
肥後
宮原村
日向
佐敷
人吉街道
湯前
横谷峠
米良街道
一勝地谷
人吉
白髪岳
野間関
境川
出水
久七峠
狗留孫峡谷
麓館
佐土原
出水筋
加久藤筋
綾筋
高岡
去川関
宮崎
京泊
川内川
大口筋
韓国岳
高岡筋
鰐塚山
飫肥街道
加治木
都城
矢立峠
牛ノ峠
飫肥
薩摩
鹿児島
桜島
志布志筋
志布志
大隅

空也十番勝負 地図

本書は『空也十番勝負 青春篇 声なき蟬（下）』（二〇一七年一月 双葉文庫刊）に著者が加筆修正した「決定版」です。

編集協力 澤島優子
地図制作 木村弥世

声なき蟬（下）

空也十番勝負（一）決定版

第一章　眠りの中で

一

九国《くこく》の大河、千臺川《せんだいがわ》（川内川《せんだいがわ》）についてその名の由来を、薩摩《さつま》藩が領有する薩摩、大隅《おおすみ》、日向《ひゅうが》三国について記した『三国名勝図会《さんごくめいしょうずえ》』はこう述べる。

〈千臺川の名は、荒古瓊《あらこのに》々《に》杵尊《ぎのみこと》、高千《たかち》穂峰《ほのみね》に天降の後、此地に宮城《みやしろ》を構へ、千臺を築き、皇居となし給ふ、此川此地をすぐる故、千臺を以《もっ》て名を得たりとぞ〉

古《いにしえ》は千臺川と呼ばれた大河は、今では川内川と呼称が定まっている。

ただし、上流部の真幸院《まさきいん》の地にては真幸川、中流部の菱刈郡《ひしかりごおり》にては菱刈川、河口付近では京泊川《きょうどまりがわ》と呼ばれることもあった。

また同じ書は、川内川の水源を、

〈日州諸県郡《にっしゅうもろかた》飯野《いいの》狗留孫山《くるそんざん》〉

と記している。

そしてその流域は、

〈日州加久藤《かくとう》、馬関田《まんがた》、吉田、隅州吉松《ぐうしゅうよしまつ》、栗野《くりの》、湯之尾《ゆのお》、本城《ほんじょう》、馬越《まこし》、曾木《そぎ》、薩州羽月《さっしゅうはつき》、鶴田《つるだ》、宮之城《みやのじょう》、山崎《やまさき》、樋脇《ひわき》、東郷《とうごう》、中郷《ちゅうごう》、平佐《ひらさ》、隈之城《くまのじょう》を経て水引邑《みずひきむら》に来り、海に入る〉

また、

〈水源から海口まで凡《およそ》四十二里、川幅二百歩余、海口は七、八町の広さ〉

とある。

川内川は薩摩藩にとって自領を流れる川なのだ。

ちなみに現在では川内川の水源は肥州《ひしゅう》の白髪岳《しらがだけ》とし、その長さは三十四里八丁（百三十七キロ）である。

寛政《かんせい》七年（一七九五）の師走《しわす》、川内川に流れ込む数多《あまた》の支流の一つ、羽月川《はつきがわ》をゆっくりと下ってきた船があった。

菱刈郡に私領を持つ渋谷《しぶや》重兼《しげかね》と十四歳の孫娘眉月《まゆつき》、近習《きんじゅ》宍野《ししの》六之丞《ろくのじょう》らが川船に乗っていた。大口筋《おおくちすじ》の飛び地を巡察に行き、「麓館《ふもとやかた》」

と呼ばれる屋敷に戻る途次であった。

「殿、寒さがこのところ和《やわ》らいでおります。船にしたのはようございました」

近習の六之丞が主《あるじ》に呼びかけた。

「つい数日前までは雪と氷雨《ひさめ》が交互に降る荒れた天気であったがのう。穏やかな師走でなによりの外出日和《そとでびより》であったな」

と渋谷重兼が答えた。

薩摩八代藩主島津重豪《しまづしげひで》の御側御用《おそばごよう》として長年仕えた重兼は、重豪が齊宣《なりのぶ》に藩主の地位を譲ったのを機に自らも隠居し、薩摩の所領地に孫の眉月とともに戻って一年半余が経とうとしていた。

江戸藩邸には、重兼の嫡男《ちゃくなん》にして眉月の父が齊宣に仕えていた。すでに病で女房を亡くしていた重兼が薩摩に戻ると表明した折り、孫の一人眉月が、

「爺様、私も薩摩の地を見とうございます」

と強く願った。

「おお、眉がわしに従《したご》うてくれるか」

独り身の重兼にとって、江戸を離れて国許《くにもと》で隠居暮らしをすることになんの差し障《さわ》りもなかったが、身内と別れるのは、いささか寂しいと感じていた。

倅《せがれ》夫婦と話し合い、重兼に孫娘の眉月が同道した。

西国の雄藩薩摩には独特の組織、

「外城《とじょう》制度」

があった。

百余の外城は、砦《とりで》として家臣団が常駐し、また外城と外城を筋《すじ》（街道）で結ぶ機能も果たしていた。

徳川幕府は慶長《けいちょう》二十年（一六一五）閏《うるう》六月十三日に、

「一国一城令」

を諸大名に命じた。

この布告の狙《ねら》いは、西国の外様《とざま》雄藩の軍事力削減にあった。

幕府の命《めい》により、各西国大名が本城を残し、城砦四百余りを破却した。

だが、薩摩藩は薩摩、大隅、日向の三国内にあった百余の外城を、

と呼び変えて、御仮屋《おかりや》を中心に武士団が住まいする、

「麓《ふもと》」

「砦」

として存続させた。

外城制度の名残り、実質的な外城が「麓」であった。

薩摩藩の直轄地としての「麓」は、島津氏の御一門家や有力重臣に与えられた私領であり、藩主の名代として地頭が任命されていた。

また一所持《いっしょもち》、一所持格など島津家縁戚や譜代《ふだい》の家臣に与えられた郷単位の支配地でもあった。

この「麓」が薩摩、大隅、日向三国内に点在しているゆえに薩摩藩は四人に一人が士分という、他国の五倍もの武士団が、つまりは軍備が整っていた。

一方で薩摩には本城の鶴丸城《つるまるじょう》をはじめ、他国のように天守閣が設けられた城はなかった。

「人をもって城となす」

との考えが国是であったからだ。

渋谷家も戦国時代以来連綿《れんめん》と菱刈の外城の一つを受け継ぐ一所持で、郷の石高

は八千石であった。

船頭が棹《さお》と櫓《ろ》で操る川船は、いつしか羽月川から本流の川内川へと移っていた。

この下流に至れば、流れが三つに分かれた曾木の瀑布《ばくふ》があり、流れは急激に速まる。だが、この界隈《かいわい》の流れは穏やかだった。

「爺様」

「どうした、眉」

重兼が眉月に視線を向けた。

「枯れ葭《あし》になんぞ引っかかっております」

舳先《へさき》付近に座していた眉月が指をさして教えた。

江戸育ちの眉月には薩摩訛《なま》りがない。重兼も江戸藩邸での滞在が長いゆえに眉月との会話で薩摩言葉を話すことは滅多になかった。

また重兼が仕えた島津重豪が藩士たちに薩摩言葉を使うことを禁じたこともあり、昔ほど武士の間では薩摩言葉が使われなかった。

六之丞が立ち上がり、手を額に翳《かざ》して西日を避けて見ていたが、

「眉姫様、眼をお瞑《つむ》りなされ」

と願った。

「なんだ、六之丞」

　重兼が質《ただ》した。

「土左衛門かと思われます」

「なに、水死か」

「流木にしがみついております」

「船頭、船を寄せよ」

　と重兼が命じて、川船の舳《みよし》が向けられた。

「眉姫様、こちらへ」

　老女の秋乃《あきの》が眉月に言った。

「秋乃、眉月は骸《むくろ》など怖くはない」

　と言いながらも、六之丞らが作業しやすいように舳先を譲った。

「若い男にございますな」

　六之丞は、流木に縋《すが》りつくような水死体を見ていたが、

「うむ」

　と訝《いぶか》しげな声を洩《も》らし、

「船頭、もそっと船を寄せよ」

と命じた。

「どうしたな、六之丞」

「殿、この者、水死ではございませんな。斬《き》り傷が、いや、矢が体を掠《かす》めた痕《あと》がありまする」

と答えた六之丞が水死体に手をかけて仔《し》細《さい》に点検し始めた。そして、胸には首からさげた革袋があり、その紐《ひも》を外して、

「かようなものを」

と重兼に渡した。

「お守りかのう」

「爺様、私に」

眉月が革袋を受け取った。

重兼は川内川の上流部から流れてきたとしたら、国境を越えてきたものかと、一瞬、外城衆徒《とじょうしゅうと》の仕業ではないかと推量した。

「あっ！」

と驚きの声を発した六之丞が、

「殿、生きておるやもしれませぬ」

と言った。

重兼は無言で船上を移動し、六之丞が検《あらた》めていた若い男の顔を見た。しばし無言で乱れ髪の張り付いた顔を見ていた重兼が言葉を発した。

「六之丞、この顔に見覚えはないか」

はあ、と訝しげな声で応じた六之丞が流木に縋りつく男の顔を見直し、

「ああ、野間関《のまのせき》の境川《さかいがわ》にて旅の武芸者二人をあっさりと打ち負かした若武者ですか。うむ、たしかにそうだ。これほどの高すっぽはこの界隈におりません」

と答えた。

「おお、間違いなかろう。見覚えがある。生きておるのだな」

「体は冷え切っておりますが、脈は微《かす》かにございます」

「よし、船に上げよ。麓館に戻り、医師を呼べ。いや、黒田頓庵《くろだとんあん》の屋敷に運び込んだほうが早いな、そういたせ」

川船の上に濡れ鼠《ねずみ》の長身の若者が引き揚げられ、船は急ぎ、麓館のある上流へと向けられた。麓館の船着場から戸板に載せられ、医師の屋敷に運ばれた。

麓館に出入りの医師は、琉球《りゅうきゅう》にて異国の医学を学んだ黒田頓庵なる老医師だったが、

「この師走の冷たい流れに何日も浸《つ》かっておりましたか。まず命が助かるとは思えません。治療は無益ですぞ、渋谷の殿様」

と診断した。だが、重兼は、

「体を温めよ。矢傷じゃが、毒が塗ってあるやもしれぬ。できることをなしてみよ」

と頓庵に命じた。

麓館の主の命には逆らえない。

黒田頓庵と弟子たちが若者の体を温め、傷を一つひとつ診察して治療していった。

渋谷重兼が六之丞を残して医師の屋敷を出ると、門前には麓館に戻っていたはずの眉月が待っていた。

「あの者、助かりそうですか」

「頓庵は匙《さじ》を投げておる。まあ、あの者の天運次第かのう」

重兼と眉月は麓館へと歩いていった。

二人が住まいする麓館は、四間の高さの石垣の上に奥屋敷、仮屋、諸役所、宗《そう》廟《びょう》、祈願所、菩提所《ぼだいしょ》、馬場、射場、剣術場など、外城としての機能が備わっており、外城形成にあたって以来、本城から移住してきた士分の者たちが常駐していた。そこで麓の家来は外城衆中《しゅじゅう》と呼ばれた。島津本家の城下士に対し、陪臣《ばいしん》、郷士というわけだ。

その麓館の一角に渋谷重兼の奥屋敷があった。

「爺様、あの者を承知なのですか」

重兼と六之丞が船中で交わした会話を思い出したか、眉月が質した。

「うむ、もう幾月前か、肥後に御用で行った帰り道、薩摩の国境であの者を見た。旅の武芸者二人とあの若者が対決するところをな」

重兼は孫娘にその模様を聞かせた。

「あの者、侍にございますか」

眉月は、川内川に浸かっていた若者が腰に大小を差さず、ぼろぼろに破れた軽衫《さん》に草鞋《わらじ》履きの形《なり》であったことを思い出して訊いた。

「その折りも、絣《かすり》の筒袖《つつそで》の、若武者らしからぬ形《なり》であったがな」

「若武者ですか」

眉月は老女秋乃の体に視界を遮《さえぎ》られて、水に浸かっていた男の顔を見ていなかった。

「十六、七かのう」

「その若さでどこに行こうとしていたのですか」

「あの者、おそらく薩摩に剣術修行に参ったのであろう。だが、薩摩は他国者の出入りに厳しい。国境を守る外城衆徒に付け狙われて襲われたのであろう」

「外城衆徒」

なる言葉を眉月は初めて聞いた。

重兼が眉月にその者たちの役目を告げた。

眉月にとって薩摩は驚くことばかりだった。

江戸とはまるで違っていた。国境を守るのは関所の務めかと思っていたが、それればかりか外城衆徒なる陰の者たちがいるという。

「あの若者、外城衆徒に襲われたのですね」

「間違いなかろう。だが、外城衆徒もあの若者の薩摩入りを阻《はば》むことはできなかったのだ。こうして生きて薩摩に入ったのだからな。だが、勝負は勝ち負けなしじゃ」

「爺様、どういうことです」

「頓庵はまず助かるまいと言う。冷たい流れに身を浸していたのだ、体温が下がっておる」

　麓館に二人は戻り着いた。

　この麓館には、士分と小者《こもの》を合わせて外城衆中が八十人ほど、女衆《おんなし》を集めると百三十余人ほどが奉公していた。

　平時の折りは、農作業に従事し、戦時になると島津家の軍勢の一員に加わる郷士もいた。その者たちを加えると麓館だけで何百人もの軍勢を保持していた。

　だが、徳川幕府開闢《かいびゃく》以来二百年近く、戦国の時代は遠く過ぎ去っていた。

「殿様、眉姫様、お帰りなされ」

　門番が重兼と眉月を出迎えた。

「頓庵医師のところから連絡あらば、すぐわしに告げよ」

　と渋谷重兼は命じた。

　重兼は若武者の死は間違いないと見ていた。

　いくら生命力旺盛な若者であったとしても、厳冬の流れに何日も浸かっていたのだ。その上、外城衆徒との戦いで毒矢を射られていた。毒が回った体で、よくも生きていたものよ、と重兼は考えていた。

「爺様、あの若者、元気になるわ」

奥座敷に戻ったとき、眉月が重兼に言った。

「あの者、強い運の持ち主であろう。だが、こたびはその運を使い果たした」

「いえ、使い果たしてなどいません。私が見つけたのがその証《あかし》です。あの流木に引っかかっていなければ、曾木の瀑布に落ちて完全に息絶えていたでしょう。でも、あの者はそれを免れたばかりか、爺様によって医者のところに運び込まれたのです。きっと助かります」

川内川の中で一番の難所が曾木の瀑布だ。一ノ口、二ノ口、三ノ口と分かれた瀑布は四十尺ほどの高さから観音淵《かんのんぶち》へと流れ落ちる。

「そう、願《ねご》うてはおるがのう」

と重兼が言った。

眉月は、不法にも薩摩国境を越えてきた若武者を重兼が医師のもとへ運んだことには曰《いわ》くがあると考えていた。だが、眉月はその場はそれ以上問い質そうとはしなかった。

夕餉《ゆうげ》が済んだ時分、宍野六之丞が黒田頓庵の屋敷から戻ってきた。

「殿、頓庵先生も驚くほど、あの高すっぽ、生《い》きとっとです」

薩摩言葉を交えて、六之丞が驚きの知らせを告げた。

「体を温めたお蔭《かげ》で、わずかですが顔に赤みが差してきました。そのうえ、白湯《さゆ》も飲みました」

「正気は戻ったか」

「いいえ、まだそれは。頓庵先生は今晩が峠と言うておりました」

六之丞の言葉に眉月が、

「きっと助かります」

と確信をもって言った。

「あの高すっぽがですか」

「六之丞、高すっぽって、なあに」

「あの者、背丈が優に六尺を超えています。薩摩では背丈が高いのを高すっぽと呼びます」

と薩摩生まれながら重兼に従い、江戸藩邸の暮らしを知る六之丞が、眉月に説明した。

「高すっぽさん、助かりますよ」

と呟《つぶや》く眉月の手には、若者が首からさげていた革袋があった。

「それならばよいのですが」

と答えた六之丞だが、死んだほうが、

(麓館に迷惑が生じまい)

と考えていた。

二

次の朝、いつもより早く目を覚ました眉月は、老女の秋乃を呼ぶと、

「高すっぽさんはどうなりました」

と真っ先に尋ねた。

「眉姫様、頓庵先生からなんの知らせも未だございません。亡くなったのならば、殿のもとへ知らせが入りましょう」

と答えながら、眉月がこれほど気にかけていたかと、秋乃はちょっと不思議に思った。

秋乃は江戸藩邸で生まれた眉月と一緒に暮らし、そして、重兼とともに薩摩に戻って来たのだ。むろん、眉月の育ちも気性もすべて承知していた。

「秋乃、黒田頓庵先生のところに参ります」

眉月は外出の仕度をせよと命じ、着替えをなし、髷《まげ》を直させた。

師走も半ばを迎えていた。

明け六つ（午前六時）の刻限、まだ外は暗かった。

麓館から頓庵の診療所はそう遠くない。

麓に住む外城衆中たちはこの刻限、剣術の稽古《けいこ》を始めていた。

渋谷重兼は菱刈郡の麓館の主に戻ったとき、

「薩摩者の真骨頂は剣術にあり」

と宣言し、これまで以上に厳しい朝稽古を衆中の面々に義務づけ、自ら稽古に立ち会った。以来毎朝、気合いのこもった稽古の声が麓館から聞こえてきた。

士分である外城衆中の中で、

「所三役《ところさんやく》」

と呼ばれる家老格の郷士年寄、用人の組頭《くみがしら》、目付の横目《よこめ》が隠居の渋谷重兼を助けた。

三役の一つ、郷士年寄は古くは、

「曖《あつかい》」

と呼ばれ、渋谷家の家老役として代々大前《おおまえ》家が務めてきた。

当代の大前志満雄《しまお》の先祖は、渋谷家に従い、東国の鎌倉の北に位置する相模《さがみ》国渋谷荘から薩摩に渡来してきたのだ。

ちなみに渋谷一族は、

「桓武《かんむ》天皇に遡《さかのぼ》り、葛原親王《かずらわらしんのう》、高見王《たかみおう》と継承され、重国《しげくに》（渋谷庄司）の代に北条泰時《ほうじょうやすとき》の下で承久《じょうきゅう》の乱・宝治《ほうじ》の乱にて勲功を立てたことにより、薩摩の旧千葉氏の地頭頭《じとうがしら》を授けられたのが澁谷氏の始まり」

と系図に言い伝えられていた。さらに渋谷光重《みつしげ》が北薩摩に領地を得て、渋谷家は嫡男の渋谷重直が継いだ相模渋谷の他に、北薩摩の東郷渋谷、祁答院《けどういん》渋谷、鶴《つる》田《だ》渋谷、入来院《いりきいん》渋谷、高城《たき》渋谷と、

「渋谷五族」

に分かれて存続していた。

眉月の祖父、渋谷重兼は光重の三男重保《しげやす》の祁答院渋谷の一族で、川内地方中流域を支配してきたのだ。

この麓館の渋谷一族の剣術師範を郷士年寄の大前志満雄が務め、その朝も激しい稽古が師走の冷気を震わせていた。

眉月と秋乃は、まだ暗い朝に黒田頓庵の屋敷を訪ねた。

屋敷の一室が診療所を兼ねており、麓館の衆中や百姓らの病から怪我《けが》まで黒田頓庵が二人の若い弟子とともに治療していた。

朝早くからの眉月の訪《おとな》いを受けた一番弟子の伊佐加敬次郎《いさかけいじろう》は眼を丸くしてびっくりした。

「眉姫様、どげんしたとですか」

麓館の衆中や領民は眉月を、姫様とか眉姫様と呼んだ。

「高すっぽさんはいかがです」

「生《い》きとっと」

敬次郎はなんとも不思議という表情で返事をした。

「生きているのね」

眉月の念押しに敬次郎は頭《かぶり》を振り、

「いえ、先生の診立《みた》てはまこて息災になることはなかかと」

「元気ではないの」

「体じゅうに毒が回っています」

と敬次郎が答えた。

しばし沈思《ちんし》した眉月が、

「いえ、あのお方は元気になられます」

と呟き、病間への案内を乞《こ》うた。

高すっぽの傷だらけの顔に赤みが差していた。

眉月は昨日ちらりと見た折りより、ずっと若いことに驚かされた。弱々しいが息をしていた。

布団を掛けられた高すっぽの体が左右に大きく膨らんでいた。

「これは」

と眉月が敬次郎を見ると、秋乃が怪我人のかたわらに膝《ひざ》をついて夜具の一部を持ち上げて驚きの声を上げた。

「どうしました、秋乃」

「眉姫様、これを見てくだされ」

痩《や》せこけた若者の体の左右に寄り添っているのは猫だった。

眉月は黒田頓庵が猫好きなことを思い出した。郷の者が猫田《ねこだ》頓庵と呼ぶほど、屋敷に何匹も猫を飼っていた。

「先生が湯たんぽより生き物の温《ぬく》もりのほうがよかろうと申されて、猫どもを六四入れてみると、猫の体温がこの者に伝わったようでだんだんと冷たさが消えていったのです」

と敬次郎が困ったという顔で言った。そこへ、

「姫様、早《はえ》え訪いじゃね」

と頓庵が姿を見せた。

「こん兵児《へこ》どんは運が強か。だがな、外城衆徒の矢の毒はなかなか体から抜けきらん。今宵《こよい》あたりから熱が出てこよう。熱が急に下がったときが終わりじゃ」

「黒田先生、なにか手立てはないの」

「姫様、蘭方薬《らんぽうやく》に解毒剤がなかこともなか。ただし、衆徒の使う毒に合うか合わぬか、試してみぬことにはなんとも言えん」

「手を拱《こまね》いて見ていても死んでしまうのでしょう」

眉月の詰問《きつもん》に頓庵が頷《うなず》いた。

「ならば試してみてください」

「解毒剤を使えば、弱り切った体から最後の力が奪われます。それにも耐えねばなりませんぞ、姫」

「この高すっぽさんは並みの若武者ではないと、爺様が言ったわ。どんな艱難辛《かんなんしん》

苦《く》も潜《くぐ》り抜けます。だって、師走の川内川に流されても生き抜いてきたのよ」

　眉月の言葉に、頓庵が敬次郎に頷いてみせた。

　解毒剤は粉薬だった。

「先生、どうやって飲ませます。白湯を飲ませるときでさえ、こん若い衆、意識のないまま大暴れして一苦労したのですぞ」

　敬次郎が尋ねた。

「白湯に溶かせ」

　と命じた頓庵が、

「姫様、下がっておりなされ」

　と命じた。

「先生、私が飲ませます」

「なに、姫様がな。こん兵児どんは男と女子《おなご》の区別もつきませんぞ」

　頓庵が言ったが、眉月は聞き入れなかった。

「秋乃、このお方の上体を起こしなされ」

　眉月の命で上にかけられた綿入れが取られ、秋乃が若者の上体を抱え上げようとすると、寄り添って一緒に寝ていた猫たちが布団から出ていった。

「猫どん、おまんらの用は済んだ」

頓庵が言った。

敬次郎が白湯に溶かした解毒剤を鶴首《つるくび》のような筒先の長いぎやまんの容器に入れて持ってきた。

眉月が若者を挟《はさ》んで秋乃と向き合い、片手を首の後ろに回して口を開くように言った。

「高すっぽさん、口を開きなさい」

眉月がかさかさの唇の間に筒先を触れさせた。だが、若者は口を開こうとはしなかった。

「秋乃、ちょっと持ってて」

解毒剤を入れた容器を渡した眉月は、若者の手を摑《つか》むと懐《ふところ》に入れてきた革袋を持たせた。無意識のうちに手が動いて若者がしっかりと革袋を摑んだ。眉月は革袋の中にお守りと油紙に包まれて小さくたたまれた紙片が入っていることだけを確かめていた。

「そうよ、あなたには守り神がついておられるわ」

眉月の言葉が聞こえたかどうか、掌に革袋を摑んだままだ。

再び首に片手を添えた眉月が秋乃から解毒剤を溶かした白湯の入ったぎやまんを受け取り、その筒先を唇に触れさせた。

わずかに口が開いた。

「高すっぽさん、あなたはどこから来たの」

眉月の言葉になんの反応も示さない。だが、口がさらに開いた。その一瞬の隙《すき》に眉月は筒先から解毒剤を溶かした白湯をわずかに注ぎ込んだ。むせかけた若者が飲み込んだ。

眉月は気長に阿蘭陀《オランダ》渡りの解毒剤を飲ませ続けた。


この日、眉月と秋乃は黒田頓庵の診療所に残った。

生と死を賭けた長い戦いになると思った。

昼過ぎから若者は高熱を発した。

頬《ほお》が削《そ》げ落ちた顔が真っ赤になり、秋乃は木桶《きおけ》に汲《く》んだ井戸水に手拭《てぬぐ》いを浸し、額に当てた。だが、すぐに手拭いは冷たさを失った。何度も井戸水が替えられた。

昼下がり、渋谷重兼が様子を見に来た。

「どうじゃ、そなたの診立ては」

と眉月に訊いた。

「爺様、このお方の命、私が救うて差し上げます」

「猫田医師も見捨てたこの者の命を救うというか」

「はい」

「よかろう。悔いを残さぬよう尽くしてみよ」

「爺様、必ず」

眉月が言い切った。

さらに一進一退が続いた。何日もだ。

大晦日《おおみそか》の夜、若者の体温はさらに上昇し、全身をぶるぶると震わせ続けた。

なにか言いたいのか、口を開きかけたが、言葉らしきものは発しなかった。

夜、黒田頓庵が診察に来て、

「姫様、少し休みなされ。こん兵児どんより、先に姫様が倒れますぞ」

と言ったが、眉月は決して若者のそばから離れようとはしなかった。

体は死の淵を彷徨《さまよ》っていた。だが、若者の意思は、

「生への戦い」

を捨ててはいなかった。

麓館の渋谷一族の菩提寺曹洞宗《そうとうしゅう》永隆寺《えいりゅうじ》の鐘撞き堂から打ち出される除夜の鐘が病間にも響いてきた。

若者の高熱が下がり始め、こんどは一気に冷えていった。

頓庵らが病間に駆けつけた。

だが、そのとき、すでに手の施しようがなかった。

頓庵は頭《かぶり》を振った。

長い夢を見ていた。

光も音もない闇《やみ》を彷徨っていた。

時の流れも空間も感じない、

「無」

の世界だ。

「死」

(そうか、死んだのか)

死出の旅路を辿《たど》っているのか。

(運命《さだめ》に従うしかあるまい)

五体が冷えていく、生が遠のいていく。

遠い果てから声が聞こえた。

黄泉《よみ》から呼び寄せる声か。声に従うべきか。

冷たくなりゆく感覚の中で迷っていた。

不意にだれかに触られた。そんな感覚があった。

(だれだ、邪魔をするのは)

膨大な無の時が流れた。

不意に闇が光に変わった。

なにかをだれかに訴えようと思った。だが、若者は必死に耐えた。死んでも致し方ないと考えていた。だが、己に課したことを途中で放棄することは許されないと、自らに言い聞かせていた。

体内で何者かが戦っていた。

なにがなにと戦っているのか分からなかったが、確かに戦っていた。

(死と生が戦っているか)

若者は疲れ果てていた。

（死んでもよい）

と考えていた。

「起きなさい、死んではなりませぬ。生きるのよ」

若い娘の声がした。

「高すっぽ、起きいやはんか」

老いた女の声が呼びかけた。

夢か現《うつつ》か分からないが、声が聞こえる。目を開けようとしたが瞼《まぶた》が重かった。

「息《いく》せんか」

と別の男の声がした。

「先生、冷えてくっ」

「ああ」

と娘の悲鳴が微かに聞こえた。

「兄ょ、水《みつ》ば飲ん込まんね」

若い男の声が言った。

（水は十分じゃ）

熱を感じられなくなった。
(死ぬのか)
無の世界に落ちようとしていた。
そのとき、ぐいっと若者の上体が抱きかかえられた。
しなやかな人間の温もりが若者に伝わってきた。
だれが抱きかかえているのか、温もりが死の世界に向かうことを拒んだ。
(そうだ、それがしには使命があった)
そのためには生きなければならないと思った。
「白湯がほしいの」
若い娘の声がして、口に筒先があたるのを感じた。
口を動かした。
無意識のうちに白湯を飲んでいた。
喉《のど》の渇きを感じて、まだ生きているのだと思った。
「ちごど、死はじた。おまんな、のさった」
老人の言葉は理解がつかなかった。
だが、助かったようだと思い、再び目を瞑ろうとして体中に激痛が走った。それが生きている証だった。

(ここはどこか)

(それがしは何者か)

なにも考えられなかった。

三

虚空に身が浮いたとき、若者の耳に蟬《せみ》しぐれが響き渡った。

(そうか、死ぬのか。光を見ぬままに死ぬのか)

若者は蟬しぐれを聞きながらそう思った。

不意に体から心が離れていくのが分かった。初めての経験だった。

心なき身、身なき心。

そう考えたとき、浮遊する時を楽しんでいた。

時の流れと意識が途切れ途切れに感じられた。

痛みも死への恐怖も消えていた。

身も心も自在に大気の中に委《ゆだ》ねていた。

若者の体から力が抜けた。
「無」
の境地なのか。
五ヶ瀬川《ごかせがわ》で出会った遊行僧《ゆぎょうそう》が若者の背に無言裡《り》に語りかけてきた、
(捨ててこそ)
とはかような境地か。
永久に続くと思われた浮遊の時は消え、不意に冷たい滝壺の中に落下していた。
圧倒的な力によって五体が冷気に包まれた。
最前とは異なる、
「死の予感」
圧倒的な渦巻きに揉《も》みしだかれて沈んでいく。
息ができなかった。
若者は咄嗟《とっさ》に抗《あらが》うことをやめた。
(死を受け止めよ)
そう思った。
体のどこにも力を溜めず、五体を取り巻く水流に心身を任せた。沈降が緩《ゆる》くなり、体じゅうに受けた外城衆徒の矢傷や刀傷を、複雑で圧倒的な水の流れが洗い流していくようだった。

さらに五体の力を抜いた。

底知れぬ滝壺に揉まれる若者の五体がゆったりとした動きに変わった。渦の流れの狭間《はざま》で、空中を浮遊しているような気分になった。

同時に意識が薄れていった。

若者が次に記憶しているのは、岩場を奔《ほとばし》る激流に身を任せる、

「己」

だった。

だが、眼は見えなかった。

ただ蟬の声が耳朶《じだ》の奥に響いていた。

(オクロソン・オクルソン様にすべてを委ねた己)

を感じていた。すると寒さも飢えも渇きも痛みも消えた。

岩場と岩場を複雑に流れ下る水に身を任せて、若者は下流へと運ばれていった。

時の感覚も流れゆく感覚もない。

広大無辺の宇宙に漂う己を感じていた。

（そうだ、生と死の境を彷徨っているのだ）

そんな考えが脳裏を掠めた。

（考えを捨てよ）

ただ己を取り巻く自然界に心身を委ねよ。力を抜くのだ。生きようとする気持ちを捨てよ。

若者はただ流れに身を任せていた。

「オクロソン・オクルソン様」の支配する霊域を脱したことを若者は察していた。

若者はいつの間にか母の胎内にいる己を感じていた。安息の中、流れに乗っていた。

紀州高野山《きしゅうこうやさん》を取り巻く内八葉外八葉《ないのはちようげのはちよう》の中にある雑賀衆姥捨《さいかしゅううばすて》の郷《さと》が若者の脳裏に浮かんだ。

流れの中で、雑賀衆の子供たちと水遊びしていた頃の記憶が蘇《よみがえ》ってきた。

ただひたすら遊びに夢中になっていた。

水の中は若者にとって母の胎内と同じように安息の場だった。

夜明けが訪れ、ゆったりとした流れを漂っていた。

（死の世界にいるのだ）

耳の中で響いていた蟬の声も消えていた。

(死んだのだ)

どれほどの時が、日にちが過ぎたのか。もはや若者には判断がつかなかった。

死を受け止めた若者は流木に縋って流れを下っていた。そして、枯れ葭の中に

流木が漂い着いて動きを止めた。

若者は動きが止まったとき、

「完全なる死」

を意識した。

(死の刻が来た)

その瞬間、若い娘の声がした。

「起きなさい、死んではなりませぬ。生きるのよ」

別の声もして、聞き慣れない言葉が混じっていた。

「高すっぽ、起きいやはんか」

「息《いく》せんか」

(どこにおるのだ)

とまず考えた。

薩摩国だ、と思った。

若者は、己の願いが叶《かな》ったことを疲れ切った頭の中で悟っていた。その一方で、警戒心が生まれた。

薩摩で囚《とら》われの身になったのか。

水の中から引き上げられ、どこかへと運ばれていった気がした。

光を網膜に感じていた。

(生きている)

と理解した。そして、また眠りに落ちた。

「寝いやんせ、寝っとがよかんが」

老女の声がした。

「少し休みなさい。この次に光を見るとき、私たちは知り合いよ」

痛みを感じながらも娘の声が眠りの世界へ優しく誘《いざな》った。

若者は死と生の境で、

「十七歳」

になっていた。

いつしか寛政七年から寛政八年（一七九六）の春を迎えていた。

若者の身は黒田頓庵の診療所から渋谷重兼の奥屋敷に移されていた。

若者は薬湯《やくとう》や重湯《おもゆ》を飲まされ、日を追って少しずつ元気を取り戻していた。だが、昼も夜も眠り続けていた。それは薩摩に入ったがゆえの警戒心からだ。

若者を介護するのは若い娘と老女の二人と思えた。

時にこの家の主と思える者が座敷にやって来て、黙って顔を眺めていることを無意識に感じ取っていた。

この家の主が若者の将来を決する、生殺与奪《せいさつよだつ》の権を有していることを無意識のうちに承知していた。

一方で薩摩の国境を越えるに要した長い、

「戦い」

に若者は神経をすり減らし、体力を消耗していた。

そのために、ひたすら眠りこけていた。だが、そんな眠りの中でも若者は、警戒心を一瞬たりとも解いたことはなかった。

ゆっくりと日が過ぎてゆく。

若い娘の声を若者は聞き分けることができた。薩摩言葉ではなく、若者が承知の江戸の武家言葉で話しかけてくるからだ。

「高すっぽさん、いつまで眠っている気なの」

とか、

「寝飽きたでしょう」

とか、返答を期待している様子もなく話しかけてきた。

若者は眼を開けることも口を開くこともできなかった。だが、時の流れや光の強弱を感じられるようになっていた。

ただ、耳の奥に蟬しぐれが再び蘇り、それが若者に、

(使命を忘れるでない)

と告げていた。

ある夜、若い娘の声が、

「あなたはどこから薩摩に流れ着いたの」

と問いかけた。

「爺様は、肥後の狗留孫《くるそん》峡谷の流れを下ってきたのだと言っているわ。私は知らないけど、狗留孫峡谷は、精霊が棲《す》む場所なんですってね。そんな流れを刀傷、矢傷を負ってよくも生きていたものだわ」

娘は答えが返ってこないことを承知で話しかけた。

（やはり「オクロソン・オクルソン様」に助けられたのだ）

若者は半睡半覚の中で改めて得心した。

人吉《ひとよし》藩領球磨《くま》郡百太郎溝《ひゃくたろうみぞ》の名主浄心寺帯刀《じょうしんじたてわき》は、若者に唯一薩摩に入る道を授けた。その考えに従い、「オクロソン・オクルソン様」の助けによって薩摩に入国したのだ。

「高すっぽさん、あなたは豊後《ぶんご》関前《せきまえ》藩の関わりの者なの」

若者は娘の問いに驚いた。だが、その気配を見せることはなかった。

（なぜ娘が承知なのか）

身許《みもと》を示す書き付けも大小すらも身につけていなかった。身一つで外城衆徒との戦いを狗留孫神社の石卒塔婆《せきそとば》の頂きで繰り広げたのだ。それなのになぜ己も覚えていないことを娘は承知か。

若者は思わず手を動かそうとしてやめた。そのことを娘は見逃さなかった。

「あなたは、豊後関前神社のお守りを持っていたわ。あのお守りがあなたの命を救ったのよ」

娘が言い切った。

（そうか、娘はお守りを見たのか）

己の不注意に慄然《りつぜん》とした。

「心配しないで。私と爺様だけが承知のことよ。あなたの許しなしにはだれにも話さないわ」

と娘が言った。

娘の顔を見たいと若者は思った。だが、若者の両眼が開くことはなかった。

光を見るために蟬は何年も地中で時を過ごすのだ。

（忘れてはならぬ）

と己に言い聞かせた。

若者の唇を水で湿した娘の指先が触れた。

「少し白湯を飲むのよ」

若者はいつしか娘の言葉に従っていた。

両眼を瞑ったままでも、春が移ろい陽射《ひざ》しが温もりをみせるようになったことを若者は感じていた。

ある夜、ふと若者は人のいない座敷で両眼をゆっくりと開けてみた。長い間、光を見ていなかったのだ。座敷の天井が見えた。

天井板がぼやけて見えた。

だが、しばらく眼を開けたままでいると、節目のない天井の杉板が有明行灯《ありあけあんどん》の灯《あか》りで見分けられるようになった。

若者はゆっくりと辺りを見回した。

武家屋敷だ、と思った。

となればいよいよ用心せねばならない。

寝飽きたと思うほど、十分に眠ったと思った。

だが、この屋敷の主にどう接すればよいのか、若者はその決断をつけられずにいた。

翌日、娘が姿を見せた。

娘は若者の変化を認めたか、これまでどおり眠り込む若者の姿を長いこと黙って見ていた。

「菱刈郡麓館」

と娘が告げた。

「ここにあなたはこの二月《ふたつき》余り、ただ眠っていたのよ。もうそろそろ正気を取り戻してもいい頃ね」

若者の変化を感じ取ったように言った。

「渋谷眉月」

と娘が言った。

「麓館の皆は姫とか、眉姫と呼ぶわ」

娘は名乗ったのだ。

「高すっぽさん、あなたはいくつなの」

眉月が若者の歳《とし》を訊いた。

（なぜ齢《よわい》を知りたいのか）

若者の体に恐怖が走った。

「高すっぽさん、あなたが半年もの間、薩摩との国境を動き回り、峠を調べて回ったことも、外城衆徒と戦いを繰り返してきたことも爺様が調べたの。あなたが、野間関の境川で旅の武芸者と戦い、勝ちを得た光景を爺様が見ていたんですって。川内川の枯れ葭に浮かんでいるあなたの顔を見て、爺様はすぐに思い出したのよ」

ふうっ、と若者は吐息をしたい感情を殺し続けた。

「爺様は、島津重豪様の御側御用を務めてきた人よ。だけど、重豪様が齊宣様に藩主の座をお譲りになったとき隠居して、一昨年薩摩に戻られたの。私の父上は薩摩の江戸藩邸で齊宣様に仕えているわ。でも、私は薩摩が見たくて爺様に従ってこの麓館に江戸から来たの」

と眉月が言った。

薩摩藩の元重臣の屋敷に若者は世話になっていた。

(なぜ爺様は薩摩藩に若者のことを知らせぬのか)

若者はそのことを気にした。

「私がなぜ薩摩に来たか、その理由を教えましょうか」

眉月が独り話を続けた。

聞きたい、と若者は思った。

「私の血には高麗人《こまうど》の血が混じっているの」

眉月が思いがけないことを告げた。

「高すっぽさんが流れてきた川内川の河湊《かわみなと》は京泊といって、その昔、唐人船《とうじんせん》や高麗の交易船がたくさんやってきてたんですって。うちの渋谷一族は、高麗人との関わりが多かったから、私の先祖には高麗の女衆《おんなし》と所帯を持った人がいるの。その何代かあとに私が江戸藩邸で生まれたの。このことを私に教えてくれたのは、爺様の渋谷重兼よ。私の体に流れる血が、高麗人が来た湊を見に薩摩に来させたの」

眉月は淡々と出自を語った。

（なんと正直な娘か）

若者は眉月の顔が見たい、話がしたいと思った。

だが、それは若者の望みを潰《つい》えさせることに繋《つな》がりかねないことであった。

胸の中に迷いを抱えながらも、眉月の話を聞くのが楽しみになっていた。

若者は夜に起きて体を動かすことを始めていた。

二月以上も体を動かさなかったことで、若者の体から筋肉が落ちていた。元の体に戻すには一年以上はかかると、若者は覚悟した。

ともかく少しでも手足を動かすことから始めて、いつかは鍛え上げられた体に再生しようと決めた。

とある夜明け前、若者が床に横たわったとき、どこからともなく猫が一匹入ってきて若者の体にすり寄った。

若者は気付かない振りをして耐えていた。

猫は子猫ではなかったが、まだ若い雌《めす》の黒猫だった。

若者は生き物の温もりに抗しきれずに、床に起き上がり思わず猫を抱き上げていた。

黙って黒猫を抱いて、その温もりを感じていた。

不意に襖《ふすま》が開いた。

若者には反応する間もなかった。

若者は娘の眉月を夜明けの暁《あかつき》の中で初めて見た。

白く透き通った肌の娘が悪戯《いたずら》っぽい表情で若者を見ていた。

若者が思い描いていた以上に愛らしい娘だった。

眉姫だ、と若者は思った。

「あなたを助けた猫の一匹よ。黒田頓庵先生の診療所から貰《もら》いうけてきたの」

と前置きした眉月が改めて川内川の枯れ葭の流木にしがみついていた若者を医師のもとへと運んだ経緯《いきさつ》を話し、

「頓庵先生の猫があなたの冷たい体を温めたのよ」

と言った。

若者は黒猫の喉を撫《な》でて感謝の気持ちを見せた。

「頓庵先生は、あなたの頑健な体に驚いておられたわ。あなたがこの数日前から正気に戻ったことを私は知っていたのよ」

若者はただ沈黙を続けた。

「あなたが口を利《き》かないのは、爺様から聞いて承知よ。それとも生まれつき、言葉が話せないの」

眉月の問いに若者は頷いて、生まれつきだと応じた。

「そう聞いておくわ」

と眉月が若者の腕から黒猫を抱き上げ、

「爺様があなたと話したいそうよ」

と若者の顔を見た。

若者の表情は変わらなかった。

「怖がらないで。爺様は、物の道理が分からない人ではないわ。あなたが国境を苦労して越えてきた折りに、いろいろな方々の世話になったように、爺様を、渋谷重兼を信用なさいませ」

と眉月が忠言した。

「あなたにとって、それが薩摩で生きていくただ一つの道よ」

若者は素直に頷いた。

四

渋谷重兼は、背筋がぴーんと伸びた、戦国時代の武将を彷彿《ほうふつ》とさせる矍鑠《かくしゃく》とした初老の人物であった。

重兼は部屋に入る前に、しばし廊下で立ち止まった。

若者は寝床から出て、畳に座していた。

老女に無精髭《ぶしょうひげ》を剃《そ》られ、髷《まげ》を結い直されたせいか、頬がこけた顔はさっぱりとしていた。

だが、川内川で流木に縋って発見されたときよりも一段と痩せていた。

それはそうであろう。若者は強引に水や重湯や頓庵が調合する煎《せん》じ薬を飲まされて、二月以上も眠り続けていたのだ。

脚と手の筋肉は落ちて、高すっぽは、いよいよひょろりとした体付きに変わっていた。だが、病み衰えた印象はない。

それは眼差《まなざ》しに光が宿り、正気に戻ったことをはっきりと表情が示していたからだ。

若者はこの人物とどこかで出会った記憶があった。だが、思い出すことはできなかった。長い眠りの中、意識下にある明確な記憶と曖昧《あいまい》な考えが錯綜して整理がつかなかった。

渋谷重兼は若者を見ながら敷居を跨《また》いだ。

老女が久しぶりに雨戸を開いた。

若者は眩《まぶ》しそうに朝の陽射しを見て、驚きの表情を見せた。

「薩摩は美しい花の季節を迎えておる」

屋敷の主が言い、若者と一間ほど離れた場所に座った。

「気分はどうじゃ」

その問いに若者は悪くないと笑みで応《こた》えた。

「死にかけておったそなたの体を治療し続けた頓庵医師も、そなたの五臓六腑《ごぞうろっぷ》の強さに驚いておった。そなたを産んでくれた両親《ふたおや》に感謝をいたせ」

重兼が若者を見ながらそう言った。

若者が頷き、ふと気付いたように胸の辺りを無意識にまさぐった。そこへ眉月が盆に茶碗《ちゃわん》を載せて運んできた。

「爺様、高すっぽさん、生き返ったわね」

「眉月、死んだと思われた土左衛門が蘇りおったわ。この者、よほど天運に恵まれておる」

重兼と眉月が若者をよそに会話した。

若者はどう対応してよいか分からず、微笑《ほほえ》んでいた。

眉月が爺様と呼ばれた当主に茶碗を差し出し、残ったもう一つの茶碗をお盆ごと若者の前に置いた。

「高すっぽさんの茶碗は蜂蜜入りのお茶よ。寝ている間に何度も飲んだ味だからお馴染《なじ》みね」

と言った眉月の言葉遣いを聞いて、若者はこの二人が薩摩言葉ではなく江戸言葉を話すことに改めて気付かされた。

「そのほう、豊後関前藩の関わりの者じゃな」

と重兼が訊いた。その口調は尋問というより、これからどう扱うかを決めるために知っておきたいという感じがあった。

若者は曖昧に頷いた。記憶が不確かなのだ。

「お守り札が入った革袋を調べたの。あなたの持ち物はそれだけだったわ。だって二月余前、高すっぽさんは、私たちには水に浮かぶ骸《むくろ》のように思えたのだもの。あなたを治療してくれた頓庵先生も、もはや元気になるのは無理だと診断を下されたのよ」

重兼と眉月らが若者の命を救ってくれたのだ。

二人の手厚い介護に若者は感謝して深々と頭を下げた。

「豊後関前生まれとも思えぬな。江戸育ちか」

顔を上げた若者に重兼が尋ねた。

若者はしばし間を置いて首を傾《かし》げた。

命の恩人に感謝の気持ちを表すため、できるかぎり正直になろうと考えたが、はっきりしなかったからだ。

「爺様、話はこれからゆっくりと訊けるわ。まず、高すっぽさんに蜂蜜入りのお茶を飲ませてあげて」

眉月が祖父に願った。

若者は両手の握力を確かめるように茶碗を摑んだ。そして、ゆっくりと口に運び、蜂蜜入りの茶を喫《きっ》して、にっこりと笑った。

「爺様、強運の持ち主ね」

「でなければ、麓館にて生きておるまい」

と応じた重兼が、

「そなた、川内川をどこから流れてきたのじゃ」

と若者に尋ねた。

若者は遠くを見つめるような眼差しを見せた。

「爺様、その話はもう少しのちになされませ」

「名無しどん、頓庵医師にもじゃが、眉月にも感謝いたせ。そなたを産んだのはそなたの母親じゃが、死の淵から蘇らせたのは眉月じゃ。またあとで話そうか」

重兼が言い残して立ち上がった。

若者のそばに眉月だけが残った。長い時をかけて蜂蜜入りの茶を喫し終えた若者が、仕草で筆硯墨三品と紙を乞うた。

「私たちを信用していないの」

違う、というように若者が首を振り、口が利けないことを告げた。

「今はそう考えておくわ」

眉月が若者の手から茶碗をもらい、部屋を出ていった。

若者は雨戸が開かれた廊下に膝行《いざ》って向かった。

武家屋敷らしく泉水《せんすい》を囲んで石が配置された庭には、若者が見たこともない色合いの桜が春を謳歌《おうか》するように咲き誇っていた。

季節はあの酷寒の冬から柔らかな陽射しの春に移ろっていた。

（生きている）

と思った。

だれかに知らせたい欲求があった。だが、その相手がだれか思い出せなかった。あの石卒塔婆から落ち、滝壺に揉みしだかれた衝撃が、若者の記憶を曖昧にさせていた。

泉水には石組みの滝があって常に水音を響かせていた。眠りの中で聞いていたのは狗留孫峡谷の滝音ではなく、この庭の滝の水音だったのだ。

薩摩の本城は鹿児島にある鶴丸城だ。だが、領内には未だ百十数余の外城がある。そんなことが若者の頭に浮かんだが、それを教えてくれたのはだれだったか。

そんな外城の一つに若者はいるのだと思った。

「母上様に文《ふみ》を書くの」

と眉月の声がして、筆硯墨三品と巻紙を運んできた。

若者が首を横に振った。

(母上か)

面影が漠然としていた。

庭に面した廊下で眉月が墨を磨り始めた。

若者は沓脱石《くつぬぎいし》に細くなった足を投げ出して、気持ちよさげに庭の桜を見ていた。

「江戸より季節が早いし、桜の種類も違うわね」

眉月が言った。

若者はなにも答えない。だが、眉月はそのことを気にする様子もなく、思い付くままにお喋《しゃべ》りした。

はっ、と若者は気付いた。

眉月はこの二月余、若者の介護をしてくれたようだ。とすると意識を失っている間に寝言でなにか口にしなかったか。若者は不安になった。だが、昔の記憶が薄れているのだ。寝言で口にすることもなかろうとも思って安堵《あんど》した。

一方、眉月は邪気のないお喋りをしながら墨を磨り終えた。

若者に筆と巻紙を渡した。

「薩摩国外城の一つであろうか」

との問いが巻紙にさらさらと認《したた》められた。当面の不安が若者の脳裏に残っていた。

眉月は筆記での会話に慣れた若者の様子に、生まれついて口が利けないのかと、これまでの考えを改めた。

「気になるの」

と眉月が反問した。

「己が何者か、どこにいるか知りたい」

巻紙にはこう書かれてあった。

「ここは大隅国菱刈郡麓館よ。その昔は外城の一つだったわ。今では『麓』と呼ばれているの」

「麓は島津様の砦の一つであろうか」

「高すっぽさん、己が何者か分からないと言うけど、公儀の密偵じゃないわよね」

若者が声もなく笑い、首を振って密偵説を否定した。

「爺様も密偵にしては若すぎると言っておられたわ。高すっぽさん、いくつなの」

眉月の問いに若者が指で十六と示し、

「もはや寛政八年か」

と筆記で念をおし、十七と指の仕草で答えを変えた。

「十六や十七の密偵なんておかしいものね。それに薩摩に公儀の密偵が入り込む謂《いわ》れはないと爺様も言っておられたわ。知っている？　上様の御正室は薩摩の先代藩主重豪様の娘御の茂姫《しげひめ》（篤姫《あつひめ》）様よ。爺様は長いこと重豪様の御側御用として仕えていたの。今は隠居の身で、この薩摩に戻ったところよ」

若者には眉月の声音も話もいずこかで聞いた覚えがあった。だが、曖昧模糊《もこ》としていた。

「眉姫様はおいくつか」

若者の筆が初めて眉月に向けられた。

「十五なの、言わなかった」

と眉月が反問し、なにを思い出したか笑いだした。

「そうよね、野地蔵様に話すのと同じように、ひたすら眠り続ける高すっぽさんに私が独り言を喋っていたんですものね。知るわけないわよね」

若者は眉月の声を初めて聞いたとは思えなかった理由に気が付いた。眉月のお喋りを聞きながら、この二月余の間眠り続けていたからだ。

「高すっぽさん、なぜ薩摩を訪ねてきたの」

「東郷示現流《とうごうじげん》の稽古をしたいからです」

おぼろげな記憶の中でそれははっきり分かり、若者が巻紙に認《したた》めた。

「やはり爺様の推察したとおり、高すっぽさんはお侍だったのね」

と眉月が得心したように呟いた。そして、

「薩摩の剣術のことを私、よく知らないけど、東郷示現流って門外不出の御家流儀だそうよ」

若者は承知しているという表情で頷いた。

「剣術のことは爺様に相談することね」

と眉月が答え、

「私がなぜ爺様と一緒に薩摩に来たか分かる」

と訊いた。

若者が眉月の横顔を見ながら首を横に振った。

「あなたが眠り続けているときに話したんだけど、覚えていないわよね。渋谷一族の先祖には高麗人の血が混じっているの。私にも何分の一か、高麗人の血が流れているのよ。そのことを確かめたくて薩摩に来たの」

若者には予想もしなかった眉月の言葉のようだが、すでに知っているようにも思えた。

「その血を確かめたのですか」

「いえ、未だよ。高すっぽさん、あなた、薩摩言葉が分かる」

眉月の問いに若者は首を横に振った。

「高すっぽさんも同じね、薩摩言葉を話さないと郷の人も心を開いてはくれないわ。爺様は落ち着いたら城下の鹿児島《かごしま》に連れていってくれるそうよ。そしたら、私の出自が分かるかもしれない」

と眉月が言い、

「話していて疲れない」

といきなり尋ねられた。

若者が微笑《ほほえ》みで疲れはしないと答え、

「渋谷重兼様や眉姫様に拾われなければ、私は死んでいたであろう。そのお蔭でもう何年分も眠った。礼を申します、眉姫様」

と巻紙に認めた。

「高すっぽさんも私も薩摩では余所者《よそもの》ね」

と言った眉月が、

「高すっぽって分かる」

と訊いた。

「背が高いということであろう。以前も高すっぽとか、名無しとか呼ばれていたように思う」

と巻紙に書いた。

「だれも名無しさんじゃないわ。高すっぽさんにも名はあるはずよ」

「思い出せぬのだ」

というふうに首を振った。

「ほんとうなの」

「眉姫様、そなた、川内川の水源を承知ですか」

眉月の問いを外して巻紙に新たな反問が認められた。

「いえ。高すっぽさんは川内川の上から流れてきたの」

そうだ、というふうに若者は、巻紙に肥後国人吉藩領狗留孫神社の石卒塔婆で三七二十一《さんしち》日の薩摩入りの願掛け行《ぎょう》を行ったことから、薩摩国境の陰の集団、外城衆徒と戦い、石卒塔婆から滝壺に落下したことまでを、克明に認めた。

長い文面を眉月は驚きの顔で読み入った。

「なぜ肥後領内で外城衆徒と戦う羽目になったの」

若者が日向の牛《うし》ノ峠《とうげ》以来、矢立峠《やたてとうげ》の山小屋で出会った三人の父子らが死んだ経緯《いきさつ》など、胸に溜めていたことを吐き出すように認めて眉月に渡した。

「高すっぽさん、独りで外城衆徒に立ち向かったというの」

「人吉藩球磨郡宮原村の隠居浄心寺新左衛門《しんざえもん》さん、おこうさん、次郎助《じろすけ》さんはそれがしと一夜をともにしたがゆえに衆徒どもに殺されたのだ。それがしは、三人の仇を討たねばならなかった。ただし、それ以前の記憶はなぜかはっきりしない」

眉月は認められた巻紙の文字を、じいっと見ていた。

ふと気付くと若者の顔に疲れが見えた。

「ご免なさい、長いこと付き合わせたわね。すぐに朝餉《あさげ》にするわ。少し横になっていて」

と眉月が若者の手を取って床に導こうとした。すると若者の筆が再び動かされた。

「眉姫様、それがし、数日後には元気になり申す。私がそなた様方に見つけてもろうた川辺に連れていってはくださらぬか」

との願いが最後に書かれた。

若者は眉月に手を引かれながら、

（死にはしなかった、蘇ったのだ）

とつくづくと生きていることを考えていた。

（捨ててこそ）

記憶の底からその言葉が蘇り、眉月の手の感触にも覚えがあることに気付いた。

眉月は筆記用具をその場に残した。だが、巻紙だけは若者に断って手にしてその場を去った。

爺様の手間が省けるように、高すっぽが答えた記述をそのまま見せるつもりだったからだ。

渋谷重兼は、孫の眉月と若者が会話した折りに若者が認めた巻紙を、長い時間《とき》をかけて吟味しながら読んだ。

若者に重湯を飲まさせてきた眉月が重兼の書院に戻ってきて、

「どう、高すっぽさんの話は」

「考えはしたが、まさか『オクロソン・オクルソン様』の聖域に薩摩入りを賭けたとはな、あそこは異界ぞ。だれかが知恵を授けたのであろうが、あの若者が持つ天運が生き延びさせたのであろう」

「爺様、外城衆徒は薩摩入りする者を追い払う役目じゃないの」

「そうだ」

「なぜ日向領内の牛ノ峠まで立ち入って高すっぽさんを殺そうとしたの」

「そこがな」

と重兼が首を傾げた。

「眉が申すようにいささか執拗過ぎる。それにすでに何人もの命を奪うておる。他国領内に入って暗躍し、熊本藩、人吉藩、飫肥《おび》藩からも苦情が来ておるそうな。いくら外城衆徒といえども許されることではない」

重兼が言い切った。

若者を初めて見かけた野間関の境川に重兼が通りかかったのも、藩主齊宣の代理で肥後《ひご》熊本《くまもと》藩細川《ほそかわ》家との交渉方として出向いた折りであった。

細川家からは、外城衆徒の目に余る行動への抗議が再三再四薩摩藩に来ており、その対応のためであった。

「爺様」

と眉月の声音が甲高く響いた。

「外城衆徒とやらが麓館まで押しかけてくるの」

「いくら外城衆徒といえども、この渋谷重兼の庇護下にある者を襲いはすまい。だが、わしが知らぬ曰くがあれば別じゃが」

「爺様が知らぬ曰くとは」

重兼が首を横に振り、

(薩摩でなにが起こっているのか)

と、眼差しを早咲きの桜に向けた。

第二章　再　起

一

この日若者は、眉月の案内で川船に乗り川内川に出た。

麓館の船着場は、川内川の本流に流れ込む川幅四間（七・二メートル）の支流の一つにあった。

船着場から二丁余り下って本流へ出ると船頭は下流へと舟を向けた。

川内川の中流域には、初夏の陽射しが降り注ぎ、流れも穏やかだった。そして、左右の河原には青々と茂り始めた葭原が広がっていた。

若者は眼差しを両岸に向けた。

生きてこの世に在ることをこれほど喜ばしく感じたのは、いつ以来のことか。

土手には竹が植えられ、郷の林には榧《かや》や桐や楠《くす》が見られた。

土手の竹林は、大雨が降った折りに土手が崩壊しないように植えられたものだと船頭が薩摩言葉で眉月に伝え、眉月が若者に江戸言葉に変えて告げた。

若者が正気を取り戻して一月《ひとつき》が過ぎていた。

麓館では朝稽古が行われているのか、薩摩独特の気合いや木が木を打つような音が響いていた。

だが、若者は麓館の稽古場に足を向けることもなく、重兼や眉月に稽古の見物を願うこともなかった。

麓館から外に出るのは三月《みつき》ぶりのことだ。

若者が夜半から夜明けにかけて麓館の庭で歩く稽古を始め、近頃ではだんだんと筋肉が元に戻りつつあることを眉月は承知していた。

だが、渋谷重兼も眉月もそのことに触れることはなかった。

そんな日々が続く中、その日の朝餉を終えると、眉月が突然に川内川に舟で出てみないかと若者を誘ったのだ。

舟が中流部の葭原に近付いていった。すると幹の径が八寸ほどあり、二股に分かれた長さ一間ほどの流木が今も青葭の原に半ば突っ込んで見えた。

「高すっぽさん、あの木があなたの命を救ったのよ」

眉月が若者に教えた。

舟が流木に接して停められた。

若者はしばし流木を眺めたあと、片手を差し出して流木に触れた。そして手を流木に預けたまま、川内川の上流部を見た。

「高すっぽさんが流れてきた狗留孫峡谷は十里以上も上流だそうね。船頭の貞吉《さだきち》爺は、狗留孫を承知なの。あの滝壺に落ちて生きていた人を知らないと言っているわ。『オクロソン・オクルソン様』のご意志によって、あなたは救われたのね」

その言葉に眉月を正視して若者が頷いた。

若者が優しく流木をぽんぽんと叩《たた》いたのを見た貞吉爺が舟を離した。

舟は穏やかな川内川の右岸側を下っていった。

「あの日、爺様と私たちはこの羽月川にある飛び地を見廻りに行ったの」

と羽月川を若者に教えた。

羽月川は、伊佐《いさ》郡大口を流れる小《こ》川内川《がわうちがわ》など、いくつかの渓流を集めて川内川に流れ込む支流の一つで、大きな川だ。

貞吉は舟を川内川と羽月川の合流部に停めた。

眉月が貞吉に命じ、若者に船から下りるように言った。命じられるままに舟を下りた若者は、この界隈では真幸川と呼ばれる川内川を下流へと歩いた。だが、流れから離れたので、どこへ向かうのか若者には理解がつかなかった。

行く手に林が現れ、その向こうから突然轟々《ごうごう》たる水音が響いてきた。

眉月が若者の顔を見た。

若者が水音に不安を抱かないか、と眉月は案じたのだ。

眉月はこの界隈の土地の女とは違った顔立ちをしていた。いや、江戸でも関前でも出会ったことのない、蠱惑的《こわくてき》な顔と豊かな感情の持ち主だった。

高麗人の血を引くという江戸育ちの娘は、若者が初めて関心を抱いた娘だった。江戸から四百里以上も離れた薩摩の地に、若者の心を一瞬にして捉える娘がいるなど、不思議で仕方がなかった。

林に遮られていた視界が不意に開けて流れが見えた。

若者の足が止まった。

それまで見ていた川内川とは違った光景がそこにはあった。

狗留孫峡谷の精霊が棲む流れとも違う壮大な流れがそこに広がっていた。

「曾木の瀑布よ」

眉月が若者に告げた。

「高すっぽさんの流木があった場所からわずか一里ちょっとしかないの。あの季節、あの体で曾木の瀑布に流れ落ちていたら、高すっぽさんはこうして二本足で立って、この曾木の瀑布を見られなかったわ」

眉月は曾木の瀑布の全容を望む高台へと若者を連れていった。

曾木の瀑布は川内川屈指の瀑布だ。

曾木村、羽月村、宮人八代《みやひとやつしろ》村三村の境にあった。

薩摩の名勝事物を記した古書『三国名勝図会』は曾木の瀑布についてこう記す。

〈千澗百渓《せんかんひやつけい》の水会流し、其闊《そのひろさ》百五間三尺の大河となり、此所に至て、大巌《だいがん》巨石錯綜聳峙《しようじ》し、河流三派に分れて、三條の大瀑布となれり。羽月の方なるを、一口《いちのくち》と云《いひ》、南に向つて落つ。高五間、闊二間、瀑底の深三間三尺。其中なるを二口《にのくち》と云、南に向ひ、三段に落ち、北に流る。曾木の方なるを三口《さんのくち》と云、西北に向ひ、四間許《ばかり》の石壇を斜に流れ、其水皆巌罅《がんか》に落入りて見えず、其末流は数十歩を距《へだた》り、観音淵に至て始て出づ〉

若者は、狗留孫神社の石卒塔婆下の瀑布とは壮大さにおいて異なる曾木の大瀑布に見入っていた。

「見て、一ノ口、二ノ口、三ノ口と流れが分かれる二つ目の岩場に赤松がひょろりと立っているでしょう。あれが一度死んだ高すっぽさんの生まれ変わりよ。あの松が高すっぽさんの命を救ってくれたと眉は信じているの」

若者は己の命が助かったのは、多くの人々の温情と「オクロソン・オクルソン様」の寛容と自然の気まぐれが起こした結果だと思った。

若者は眉月がこの光景を見せてくれた意味を察していた。

生きているのは偶然が重なったのではないのだ。

(生きよ)

と命じる天の声の結果だと、若者は思った。

そのことを眉月が若者に見せてくれたのだ。

若者は高台に立ったまま、しばし、曾木の瀑布を眺めていた。ただ自然の驚異に対峙《たいじ》して、人智がいかに些末《さまつ》かを受け容れようとした。

「高すっぽさん、曾木の瀑布がお気に召したようね。麓館からいつでも来られるわ」

眉月が若者に言った。

若者は頷いたあと、もう一度視線を曾木の瀑布に向け、くるりと背を向けた。

眉月は、若者の気持ちを曾木の瀑布が変えたことを察していた。


若者は麓館に戻ると、眉月に仕草で剣術の稽古が見たいと願った。

「その気になったのね。でも見るだけよ。高すっぽさんは三途《さんず》の川まで行って追い返されたのよ。あなたの心身は未だ完全に回復していないわ。頓庵先生も同じ考えよ。あと三月は滋養を摂《と》って体の基《もとい》を作り直さねばならない、と爺様が言っていたわ」

若者は頷いて眉月の言葉を受け入れた。

麓館の稽古場は、神社の前の馬場のような野天の道場で、剣道場と弓道場が併設されていた。

若者は拝殿に長いこと拝礼していた。

笑い声がして、若者が拝礼をやめた。

「名無しどん、薩摩には剣術修行しに来たと言うたな。麓館の剣術は、そなたが修行を願う東郷重位《しげかた》様が創始した御家流儀示現流とはいささか違うぞ」

床几《しょうぎ》にかけた重兼が言った。

渋谷重兼は、若者が出水《いずみ》筋の国境、野間関で二人の武芸者と真剣勝負する場に居合わせ、この若者の力を承知していた。

だが、その後、外城衆徒との戦いで若者は力を、いや、なにか大事なものを使い果たしていた。その若者が眉月に願い、稽古場に姿を見せた。

「ここに来よ」

重兼は若者を呼んだ。

「うちはな、野太刀《のだち》流じゃ」

渋谷重兼は、若者に説明した。

野太刀流は、薬丸刑部左衛門兼陳《やくまるぎようぶざえもんかねのぶ》を流祖とした。兼陳は、慶長十二年（一六〇七）に生まれ、十四歳で東郷重位に入門し示現流を修行した。ゆえに東郷示現流と薬丸兼陳の野太刀流は、同根同流と言えないこともない。

だが、後年、薬丸兼富《かねとみ》の養子になった薬丸兼武《かねたけ》（新蔵《しんぞう》）が示現流を拒んで、薬丸家伝来の野太刀流を修練し、江戸において、

「野太刀流」

の道場を開く。

渋谷重兼の麓館では、その野太刀流を外城衆中に学ばせていた。

「高すっぽどん、薬丸兼富先生は、いささか性険《しょうけわ》しく他をなかなか受け入れぬ頑迷さの持ち主ゆえ、剣術家として大成なさるかどうか案じておる。だがな、戦国時代以来の野太刀流の稽古は、一見の価値ありぞ。見るか」

重兼が若者の気持ちを試すように話しかけた。

若者は東郷重位の示現流は承知していたが、野太刀流の流派も剣風も知らなかった。

一礼し、見たいと重兼に願った。

「六之丞、タテギ打ちを見せよ」

重兼の近習宍野六之丞らが馬場のような砂地に柞《ゆす》の木を束ねたものを運んできて、二本の柱を交差させた二つの台の間に横にして置いた。地上二尺余の高さに、幅一間余の柞の束があった。

「名無しどん、あの束をタテギとも横木とも呼ぶ」

と重兼が若者に言った。

渋谷重兼に一礼した三人がタテギの前に膝を開いて座した。

しばし瞑想《めいそう》した三人が立ち上がり、宍野六之丞を先頭に縦に並んだ。

六之丞の手には五尺ほどの柞の棒があり、後ろの二人もまた、山で切り出してきたような柞の棒切れを携えていた。柞は、いすのきとも呼ぶ。

「木刀《ぼっと》はな、柞の木を十年乾燥させたものじゃ」

若者は、宍野六之丞の構えに注目した。

一見、上段の構えに似ていた。だが、木刀を右肩近くから天に突きあげる構えは独特だった。

薩摩では、

「蜻蛉《とんぼ》」

と呼んだ。

（美しい）

と若者は思った。

これまで若者が見たこともない、

「形」

が出来上がっていた。

若者には六之丞の呼吸が分かった。

「えいっ」

という気合いとともに六之丞が木刀を立てたまま走り出した。

木刀はおよそ三尺三寸を定寸《じょうすん》とする。

だが、野太刀流の木刀は四尺三、四寸もあり、並みの木刀より径も太い。この重さの木刀を構えたまま走るには、右手と左手が離れていなければ支えきれない。また腰を沈めた構えで膝を柔らかく使い、踵《かかと》を浮かして走らねばならなかった。

一見すると、
すすすすっ
と音もなく走る猫の足の運びに似ていなくもない。この足運びを、

「運歩《うんぽ》」

といい、この運歩からの打ち込みを、

「掛《か》かり」

といった。

六之丞は走り出してから足の運びを速め、タテギの前でも走りを緩めることなく走り込んで、右足を杵の束の下に滑り込ませるようにして、瞬時に木刀をタテギに打ち込んだ。

体の動きが木刀に乗り移り、

「一撃必殺」

の技が、
どすん
と決まった。

凄まじい破壊力を秘めた打突《だとつ》だった。

運歩から打突までが一瞬のようでもあり、永久の時の流れのようにも感じられた。言えることはどこにも遅滞が感じられないことだ。

対戦する相手が野太刀流の動きを知らなければ、受け止めることは無理であろうと若者は頭に刻み込んだ。

重兼は若者が身を乗り出して技を観察しているのを見ていた。

「よいか、運歩から打突まで動きを止めてはならぬ。それが野太刀流の基であり、極意だ」

六之丞から麓館の下士の一人、白木軍兵衛《しらきぐんべえ》に代わった。

若者はこの日、野太刀流の稽古を見て過ごした。若者は顔には出さなかったが、一番関心を示した技があった。

「早捨《はやしゃ》」と呼ばれる技だ。

六尺余の棒を持つ相手に木刀で応じる技だ。長棒を持った相手は長棒をぐるぐると回転させながら間合いを詰める。それに対し、木刀を右蜻蛉に構えた対戦者は、「掛かり」と同じ動きの「運歩」で進み、間合いに入った瞬間に長棒は長さの利点を活かし、木刀を持つ相手の胴を払う。

転瞬《てんしゅん》、木刀を持った者は長棒の懐に入り、相手の得物《えもの》を打ち払う。さらに続けて右蜻蛉、左蜻蛉、右蜻蛉と構えを左右に変えて連続して打つ。

この続け打ちが熟練してくると、真剣を腰に差し落とし、一瞬裡《り》に抜いて斬り上げる「抜き」の稽古を積むという。

宍野六之丞がこの「抜き」の技を若者に見せた。

野太刀流の究極技「抜き」は、居合術とも違う。居合術には刀を抜く前触れがある。だが、野太刀流の「抜き」は不意打ちだ。

この「抜き」を見ただけでも、若者は薩摩に来た甲斐《かい》があったと思った。

「野太刀流の稽古はこの技を朝に三千、夕べに八千を愚直にこなす。さすれば野太刀の鋭さを自得できよう」

渋谷重兼は表情一つ動かさなかった若者の胸の中を読んだように告げ、若者も素直に頷いた。

翌朝、野天の稽古場に若者の姿があった。

弓道場では、壮年の武士が淡々と大弓《だいきゅう》を引いていた。どの矢も遠い的の中心を射抜《いぬ》いていた。所三役の一人、横目の伊集院幸忠《いじゅういんゆきただ》は大弓の名人だった。

(さすがは武の国薩摩だ)

と若者は思った。

一日じゅう、稽古を見て過ごした。

この日、渋谷重兼の姿は稽古場にはなかった。

「高すっぽどん、わがも稽古せんな。見ちょいばっかじゃないもならん」

門弟の一人が若者を誘った。

だが、若者はにこにこと笑うだけで稽古に加わろうとはしなかった。

若者の力を承知なのは、重兼と肥後行きに同行した宍野六之丞ら、供三人だけだ。そのことを承知なだけに六之丞は安易に稽古に誘うことはしなかった。

若者は、麓館の奥屋敷から野天道場の長屋の一室に移っていた。眠りから覚めたのだ、回復する間、

「もはや客扱いしないでほしい」

と眉月に願った結果だ。

季節は移ろい、修行に出て、二度目の夏を迎えた。

若者の耳に蟬しぐれが戻ってきた。

だが、若者は一見動かないように眉月には思えた。

その日の稽古の終わりに、眉月が若者を呼び出した。

若者は矢立《やたて》と紙を携帯して、眉月に従った。

「どこか行きたいところはないの」

眉月の問いに若者は、

「曾木の瀑布」

と認めた。

「曾木の瀑布がそれほど気に入ったの」

眉月が呆《あき》れ顔で若者を見た。

若者は、毎晩秘かに曾木の瀑布を訪れて、月明かりや星明かりの下、昼間見た野太刀流の「続け打ち」と「掛かり」を繰り返していた。だが、「早捨」と「抜き」の稽古には真剣が要《い》ると思った。だから、頭の中だけで動きを繰り返した。

そんなわけで、もはや眉月に案内されずとも三流に分かれた瀑布の岩場を承知していた。

瀑布を見下ろす高台に来たとき、眉月が、

「夏が終わったら爺様がお城下に連れていってくださるそうよ」

と言った。

「高すっぽさん、あなたも行くのよ」

眉月が言った。

若者は驚きの表情を見せた。

「爺様は、麓館の稽古では物足りまい、と言っていなさるわ。六之丞たちとの稽古は物足りないの」

若者が笑みを浮かべた顔を横に振った。

「そうよね。爺様は高すっぽさんが一度も稽古に加わったことがないことを忘れているのよ」

若者が矢立を抜き、筆を取り、

「そなたの爺様はなんでも承知です。野太刀流は感心する動きと技ばかりです。毎日見ていて飽きません」

と伝えた。

「だって剣術は体に覚え込ませるものでしょ。頭に記憶させても実際の場では使えないわ」

眉月の反論に若者は微笑みで返した。

「時々、高すっぽさんがなにを考えているのか分からなくなる。なにを考えているの」

眉月の問いに若者はしばし沈思していたが、

「剣術」

との一語が紙に認められた。

「眉のことは」

眉月がさらに問うた。

微笑みが答えだった。

二

眉月が若者の暮らす長屋を訪れた。

夕暮れ前のことだ。

下士たちが住まいする長屋の一番長閑《のどか》な刻限だった。

眉月は手に一口の薩摩拵《こしら》えの剣を携《たずさ》えていた。

「爺様が、高すっぽさんにはこれがよかろう、好きなときに好きなように使いなされと言伝《ことづて》がありました」

若者は驚きと喜びがない交ぜになった表情を見せた。

「高すっぽさんはやはりお侍さんね。刀がないのは寂しかったんだ」

と眉月が笑った。

若者は眉月に両手を差し出し、黒塗鞘斜刻鉄金具打刀拵《くろぬりざやななめきざみてつかなぐうちがたなこしらえ》の刀を拝借した。

若者の眼がきらきらと輝いていた。

薩摩拵え示現流仕様の特徴の一つ、柄《つか》の長い刀を仔細に眺めた。何度も触ったり離したりを繰り返して柄を掌に馴染ませた。

柄は鮫皮《さめがわ》ではなく、牛革檜垣文《ひがきもん》着せで白糸が平巻きにしてあった。

小さな鍔《つば》に視線をやった。

木瓜《もっこう》形の大きな鍔は、野太刀流や示現流の構え、

「蜻蛉」

に立てると、顔面に触れて邪魔になる。ゆえに薩摩拵えの刀の鍔は小さいのだ

と渋谷重兼が若者に教えてくれた。そして、なにより大きな鍔は、防御の意味合いが強いとされ、臆病者の証として薩摩では蔑《さげす》まれたゆえでもあると重兼は付け加えてもいた。

柄も鞘も直刀に近いほど内反《うちぞ》りであった。

なぜ薩摩拵えの反りが小さいのか、若者には不思議だった。

ともかく刀の総長が長かった。

三尺七寸余（百十三センチ）はあった。柄の長さが一尺（三十センチ）に近く、若者には珍しいものだった。諸々考えると刃渡り二尺七寸三分（八十三センチ）であろうか。

長い柄に内反りの刀は若者の身丈にはさほど長いものではない。だが、反りの小さな刀を抜くには技量が要った。

重兼は若者の気持ちを察して、刀を眉月に届けさせたようだった。

若者は、眉月に長屋から外に出てよいかと仕草で願った。

眉月は頷いた。若者が刀を抜いて刃を調べたいのだと思い、二人して表に出た。

若者は薩摩絣《がすり》の腰にゆっくりと薩摩拵えの刀を差した。若者の着る物は、眉月の命もあって老女の秋乃がすべて用意した。

そこへ外から戻った宍野六之丞が白木軍兵衛とともに通りかかり、

「うん、名無しどんが腰に刀を差したか」

と言った。

若者が大小を差したのを六之丞は初めて見た。それを知ってか知らずか、若者は六之丞に笑みの顔を向けた。

仲間たちが集まってきた。

川内川で死にかけていた若者が麓館に滞在するようになって五月《いつつき》が過ぎようとしていた。だが、薩摩に武者修行に来たという若者は、野太刀流の稽古に加わることはなかった。その若者が腰に薩摩拵えの剣を差したのだ。

「高すっぽには長刀の薩摩拵えがぴったりじゃんな。どげんな、薩摩拵えを抜いてみらんね」

白木軍兵衛が若者を唆《そそのか》した。

軍兵衛は麓館の家臣の中でも群を抜いて大兵《だいひょう》で力持ちだった。背丈も若者と同じく六尺を超え、目方は若者の倍はありそうなほどがっちりとしていた。そのうえ、機敏なことを若者は承知していた。

若者は少し離れた場に身を移し、刀の鯉口《こいぐち》に手をかけ、右手はだらりと垂らした。その上で虚空の一点を見ていたが、柄に右手を添えて反りの小さい長刀をゆっくりと抜いていき、己の腕の長さと刀の長さを確かめた。

「そげんこっちゃ、『抜き』はでけんど」

軍兵衛が空の腰に手をかける仕草で一気に抜き上げる動作を見せた。

「抜き」の稽古は、木刀で行われた。ゆえに若者は真剣での「抜き」を見ていない。

若者は首を傾げた。

軍兵衛が六之丞に許しを乞うように見た。

「よか、見っしゃい」

若者が軍兵衛に薩摩拵えの刀を渡した。

「おいはこげなよか刀を差したこちゃなか」

と言いながら軍兵衛が腰に差した。

「薩摩の刀は八百年も前、奈良の刀鍛冶《かたなかじ》正国《まさくに》が伝えたものだ。その大和守《やまとのかみ》波平《なみのひら》派の刀鍛冶によってこの薩摩拵えが工夫されてきたのだ。この波平も殿様の自慢の一剣じゃ。われらでは持てぬ」

六之丞の言葉に羨望があった。

「ご披露《ひろう》しもんど」
白木軍兵衛は仮想の相手に向き合ったように腰を沈めた。
次の瞬間、若者が思いもかけない動きを軍兵衛が見せた。波平の鯉口を持った
軍兵衛の左手が一瞬にして、
くるり
と刀を返した。
通常、打刀が腰にあるとき、刃は上を向いていた。
それを軍兵衛は、左手で刀の鞘ごと下に向けたのだ。下刃になったまま、右足
を踏み込みざま一気に抜き上げると、斜め上方に斬り上げた。
居合術とはまったく違う抜き打ちだった。
軍兵衛は斬り上げた波平を鞘に戻して若者に向かい、一礼した。
もしこの技を知らなければ一撃で倒される可能性も考えられた。
(うんうん)
というふうに頷く若者の顔に笑みが浮かんでいた。
薩摩国に入るために難儀を重ねた。だが、薩摩入りして麓館に滞在している間、
主の渋谷重兼は野太刀流の稽古を若者にあますところなく見せてくれた。だが、

見ただけでは技は習得できない。

朝に三千、夕べに八千の「続け打ち」を何年も何年も倦《う》まず弛《たゆ》まず稽古して、技が完成すると重兼は考えていた。ゆえに若者に稽古を見せたのだ。

また薩摩藩が東郷示現流を門外不出の御家流儀とすることへの反感もあって、麓館では若者を迎え入れたのだと、眉月が祖父重兼の考えを若者に伝えていた。

「分かいもしたか、名無しどん」

六之丞が若者に念押しした。

「名人となると、軒下から雨だれが地面に落ちる間に三度『抜き』と鞘への『納め』を繰り返すと言われておるが、残念ながらそれがしは見たことはない。名無しどん、挑んでみぬか」

六之丞が唆した。

そこへ女衆が家来たちに夕餉を告げに来た。

白木軍兵衛が若者に薩摩拵えの波平を返しながら、

「明日《あくいひ》から稽古に加わいもそ」

と誘った。

夜半九つ（午前零時）、若者の姿は曾木の瀑布の一ノ口の岩場にあった。

腰には渋谷重兼が貸してくれた大和守波平の一剣があった。

薩摩拵えの大和守波平は上刃に差してあった。

若者は体を柔らかく保ち、左手を鯉口に、右手を柄に置いて仮想の相手を睨《にら》んだ。

次の瞬間、鞘ごとくるりと下刃へ回した。意外にこの上刃から下刃に回転させることが難しかった。

若者は東から昇る半月の青い光の下、この上刃から下刃に回す動作を丁寧《ていねい》に何度も繰り返した。ただ無心に繰り返した。

この夜は、「抜き」を行うまでには至らなかった。

夜明け前、川の水で汗を流して体を清めた若者は、岩伝いに飛んで川内川の右岸に戻った。

翌日の朝稽古では、相変わらず若者は野太刀流の基となる「続け打ち」と「掛かり」の稽古を見て過ごした。

隣に座る渋谷重兼は、若者になにも言わない。ただ黙々と「続け打ち」と「掛

かり」の稽古を眺める若者が、

（いつ動くか）

あるいは、

（いや、すでに動いているはずだ）

とちらりと考えていたが、口にすることはなかった。


いつしか夏が去り、秋が麓館に訪れていた。

若者の独り稽古は曾木の瀑布の岩場で続いていた。

すでに大和守波平を鞘ごと帯の中で上刃から下刃に回すことは習得していた。

さらに踏み込みざま、抜き打って斬り上げる動きも体に刻み込んでいた。

だが、雨垂れが軒下から地面に落ちる間に刀の「抜き」と鞘への「納め」を三度繰り返す素早さには程遠い動きだった。

せいぜい抜いて納める動きが一度できるかどうかだった。

若者の周りには曾木の瀑布の轟音《ごうおん》が響きわたっていた。

若者は木切れを瀑布の上流に放り投げ、滝に流れてくるのを待った。

月明かりに照らされた木切れが瀑布に差しかかり、一瞬身を竦《すく》めたように動きが停止して、瀑布の中に姿を消す瞬間、上刃から下刃に移し、同時に抜き打って斬り上げた。波平を鞘に戻すと、さらに下刃のまま、抜き打った。

そのとき、木切れが瀑布の下に落ちた感じがした。

秋が深まりゆく中での独り稽古は、毎夜続いた。


朝稽古に出ると、渋谷重兼が見知らぬ武家方と話をしていた。麓館の所三役、郷士年寄の大前志満雄、組頭の永山真造《ながやましんぞう》、横目の伊集院幸忠も控えていて、緊張していた。

「名無しどん、稽古に加われ」

渋谷重兼が初めて若者に命じた。

川内川で流木に縋っていた若者が眉月に発見されてから八月《やつき》が過ぎ、正気に戻ってからも半年が経っていた。

その間、若者はただ宍野六之丞らの実直な稽古を飽きずに見て過ごしていた。

若者は頷くと、柞《ぼっと》の木刀を手にした。

宍野六之丞が、

「おいの後ろにつけ」

と若者に命じた。

「よいか、手加減すると却《かえ》って手首を痛める。渾身の力を込めて叩け。何度も聞いたであろうが、『地軸の底まで死ぬ気で叩き斬る』のだ。狗留孫峡谷の滝壺から生きて戻った名無しどんならできよう」

と囁《ささや》いた六之丞に、若者は頷いた。

若者にとって稽古場に立つのは久しぶりのことだった。

むろんこの数月、曾木の瀑布での独り稽古で体を動かしてきた。いや、物心ついたときから木刀を持って動き回っていたのだ。

それでも陽射しの下、久しぶりに稽古場に立つ喜びを若者は静かに嚙《か》みしめていた。

束ねたタテギの前に進んだ六之丞が、改めて、

「右蜻蛉」

に構えて裂帛《れっぱく》の気合いの後、「続け打ち」を始めた。

右、左、右と一打一打構えを変え、腰を沈めてタテギに木刀を振るった。

柞の束が一打のたびに揺れた。

何十打かののち、六之丞が見物の渋谷重兼らに一礼し、下がった。

続いて白木軍兵衛が続け打ちを行った。だが、柞の束のタテギは撓《しな》るだけで一本ですら折ることは叶わなかった。束ねられた柞のタテギは硬かった。

若者の番になり、仮想の敵に向かって歩を進めた。

タテギの前で歩みを止めた。

何十日、他人の稽古を見てきたことか。稽古を見物するたびに地中に生を育《はぐく》む蟬のことを思った。

(光を見るために闇に堪えよ)

そう言い聞かせて耐えてきたのだ。

六之丞は、麓館の不敵《ふてき》な滞在者《わろ》がタテギの前で動かないことを訝しく思った。野間の関所近く、境川で旅の武芸者二人と立ち合ったときの俊敏な動きを思い出していた。

(どうした、名無し)

そのとき、高すっぽがゆっくりと柞の木刀を持ち上げた。

六尺余の長軀《ちょうく》の顔の横に、
ぴたり
と、

「右蜻蛉」

を決めた。

「おおっ」

と静かなどよめきが朋輩《ほうばい》から起こった。

薩摩剣法の基ともいえる「蜻蛉」の構えは、何年見ていても決められるものではない。ましてや、初めて稽古の場に立つ他国者が、

「蜻蛉」

の構えを決めるなど考えられなかった。だが、それを若者は難なく決めた。

長身と相まって木刀の先端が八尺余の高みにあった。

うっ
と押し殺した呻《うめ》き声が若者の口から洩《も》れると、腰が沈み込み、柞の木刀が光と化して弧を描き、タテギに打ち落とされた。

ばりっ
という音が響いた。

柞の木を束ねたタテギが折れ曲がっていた。

稽古場を沈黙が支配した。

若者は静かに立ち上がり、渋谷重兼らに一礼し、下がった。

高笑いが響いた。

渋谷重兼の声だった。

若者を六之丞が迎え、

「名無しどん、正体を見せたな」

と言った。

若者は微笑みを返しただけだった。

「走り込みもせずしての打突一撃で柞束《タテギ》をへし折りおったか。おいどんは形無しじゃ」

と続けた六之丞が、

「さあて、このことが名無しどん、そなたにとって吉と出るか凶と出るか、いささか心配じゃな」

と懸念を告げた。軍兵衛が二人のそばに寄ってきて、

「宍野様、こん高すっぽ、にせぶいがよか」

と男ぶりを褒《ほ》めた。

六之丞は鹿児島から来た城下士のほうを振り返った。すると渋谷重兼も城下士

も所三役の姿も消えていた。

「高すっぽ、どげんしたら一撃でタテギをへし折れるとな」

宍野六之丞の同輩八田《はった》勝清《かつきよ》が若者に訊いた。

若者はただ首を傾げただけだった。

「おいどもの稽古の甘さを名無しどんが見せてくれた。最初から稽古のやり直しじゃっど」

六之丞が稽古の再開を告げた。

その日、若者は野太刀流の稽古を皆と一緒に続けた。


夕暮れ前、眉月が若者を奥屋敷に呼んだ。

「高すっぽさん、あなた、何者なの。爺様は満足そうだけど、郷士年寄、組頭、横目の三人ともえらく慌《あわ》てているわ」

若者は、携帯してきた矢立から筆を取り出し、紙に書いた。

「朝の客人はだれであろうか」

「鹿児島から来た大目付浜崎善兵衛《はまさきぜんべえ》様だそうよ」

「眉姫様、麓館に迷惑がかかるのであろうか」

若者の認めた問いに対し、

「爺様が浜崎様を鹿児島から呼ばれたの。すべて爺様を信頼して任せることね。勝手な真似《まね》をしてはいけないわ」

若者は分かったというふうに首肯《しゅこう》した。

その夜、鹿児島城下から来た大目付一行は麓館に泊まった。


夜半、若者の姿は曾木の瀑布にあった。

腰に差した大和守波平もぴたりと安定していた。

この夜、若者は笹舟をいくつも作ってきた。笹舟を二ノ口の上流に落とし、笹舟が瀑布を下って観音淵に姿を見せるまで、何度でも「抜き」と「納め」を繰り返した。


次の日、若者は朝稽古に参加した。もはや麓館の家来たちは若者を仲間として迎え入れていた。

この日の稽古が終わる頃、渋谷重兼が姿を見せて、若者を呼んだ。

「もはやそなたには麓館の稽古では満足できまいな」

若者は頭《かぶり》を振って否定した。

「まあ、よい。もうしばらく麓館で辛抱せよ。そなたのことを気にかける外城衆徒じゃがな、そなたが生きておることに気付いたそうな」

若者は重兼を見た。

「難儀なのはやつらではない。その背後におられる御仁よ。どうしたものか、思案が固まるのにしばらく日にちが要ろう。耐え忍ぶのはそなたの特技ではないか。もうしばらく我慢いたせ、野太刀流の本家に連れていくでな」

と重兼が若者に辛抱を説《と》いた。

どうやら若者の逗留《とうりゅう》が鹿児島に知られ、難儀を引き起こしていると若者は察した。ただし背後におられる御仁とは何者か、重兼も未だ把握していないふうであった。

「爺様を信頼して、すべて任せることね」

と言った眉月の言葉を思い出し、首肯した。

三

晩秋、菱刈郡の麓館から二《に》丁櫓《ちょうろ》の川船に乗った一行が川内川の上流をゆったりと目指した。

渋谷重兼、孫娘の眉月、大弓の名手伊集院幸忠、近習の宍野六之丞、老女の秋乃に小女のおえつ、そしてもう一人、群を抜いて背が高い若侍が加わって船中に座していた。

若侍は麓館で、高すっぽとか名無しと呼ばれてきた者だ。

若侍は重兼の小姓といった出《い》で立《た》ちで、腰には大和守波平と脇差《わきざし》を差し、家臣白木軍兵衛の名を借りての道中だった。

川内川の両岸には、落葉後の山並みが澄み切った青空の下に広がり、気持ちのよい旅日和であった。

「白木軍兵衛」は、九月《くつき》余りの麓館滞在の間に、狗留孫峡谷での外城衆徒らとの死闘の傷痕はすっかり消えていた。そして、密《ひそ》かな独り稽古と野太刀流の修行で、一段と逞《たくま》しい体付きの若侍に変わっていた。変わりないのは、未だ少年の面影を残した顔だけだった。

この軍兵衛のかたわらには眉月が寄り添っていた。

「高すっぽさんのお蔭かしら、私、初めて麓館を出て薩摩領内の旅に出ることになったわ」

眉月が秋空のような爽《さわ》やかな笑みで若者に話しかけた。

若者の顔には、いつもの微笑みがあった。

わざわざ川内川を遡《さかのぼ》る船旅は、渋谷重兼の発案だと眉月が若者に教えてくれた。若者がどこから麓館に流れ着いたか、見せようとしているのだと若者は思った。

「眉、高すっぽではないわ、白木軍兵衛じゃ」

重兼が眉月に注意した。

「あら、忘れていたわ。そう、白木軍兵衛さんね。爺様、急に言われても、借着のような名だわ」

本物の白木軍兵衛の風采を思い出したか、眉月が笑った。

「殿、名無しの軍兵衛、麓館ですっかり体付きが変わりましたな」

横目の伊集院幸忠が重兼に話しかけた。

口が利けないのだ、当人に話しかけても笑みしか戻ってこない。伊集院が名無しとわざわざ付けたのは真の白木軍兵衛と区別するためか。

眉月は九月《くつき》の付き合いで若者の、

「笑み」

から色々な答えがあることを承知していた。

肯定、否定、得心、困惑、迷い、喜び、戸惑い、若者の笑みは一様ではなかった。その笑顔の真意を察し、見分けられるのは眉月だけだった。

「いや、まだまだ大人の骨格ができておらぬ。だがな、今のうちに名無しの軍兵衛に本物の薩摩の剣術を見せておきたい」

重兼が伊集院に応じた。

「殿、白木軍兵衛どんはよほど幼き頃から剣術の稽古をしてきたのでしょうな。麓館で呆《ほう》けた顔で六之丞らの稽古を幾月も見入っていたと思うたら、あの一撃をいきなり披露しよりました。おいは腰を抜かすほど魂消《たまげ》ましたぞ」

渋谷一族の家臣らの大半が薩摩藩江戸藩邸勤番を務めていた。一行だけの折りは軍兵衛や眉月にも分かるように、江戸言葉が交わされることが多かった。

「軍兵衛は、まだわれらに正体を見せておるまい」

「やはり公儀の密偵と申されますか」

横目がそのことを気にして話しかけた。

「いや、それはない」

重兼が言い切った。

「殿にはなんぞお考えがおありのようでございますな」

「ないこともない。まあ、本物の野太刀流をどう軍兵衛が受け止めるか、それが楽しみよ」

一行は川内川を遡上《そじょう》して大口筋の湯之尾を経たのち、舟を大隅国桑原《くわはら》郡栗野宿で停めた。

栗野は大口筋と加久藤筋に分岐する交通の要衝で、宿場の東に韓国岳《からくにだけ》や霧島《きりしま》連山を遠望できる。

舟は麓館から南東に向かってきたが、川内川の流れはこの栗野で北へと大きく向きを変えた。

船が栗野宿の船渡しに着いたとき、

「白木軍兵衛、そなたが薩摩入りした狗留孫峡谷は、川内川の曲がりくねった流れをさらに十数里ほど上った地だ。国境の牛ノ峠に立った以前のことは、まったく覚えておらぬか」

と重兼が名無しの軍兵衛に、北東に位置する日向との国境を差して質した。

軍兵衛は立ち上がり、両岸の木々が落葉後の光景を見せる流れの果てをじいっと見ていたが、頭を振った。

「そうか、なにも思い出さぬか。『オクロソン・オクルソン様』に守られて流れ下っていたのであろうな」

と考えを洩らした。

「眉、軍兵衛、栗野宿はな、鹿児島本城からおよそ十二里半（五十キロ）余り離れた小羽村《こばむら》にあって、昔は栗野院と呼んでおった」

と初めての土地を旅する二人に重兼が教え、

「ほれ、一里ほど離れたあの山が、栗野嶽、背後の高い山が韓国岳だ」

と東側の山並みを指し示した。

軍兵衛は、そのとき、久しぶりに、

「監視の眼」

を感じていた。

むろん重兼も伊集院も六之丞も承知であろう。だが、だれ一人としてそのことを口にする者はいなかった。

栗野宿の旅籠《はたご》には前もって宿泊の書状を届けてあったとみえて、一行はすぐに座敷へと通された。

軍兵衛は、横目の伊集院と六之丞と同じ部屋だった。

湯に浸かったのち、夕餉となった。重兼と眉月と同じ座敷で膳《ぜん》を前にしたのは、伊集院と六之丞と白木軍兵衛、そして老女の秋乃の四人だった。

六人の夕餉には、薩摩の秋の味覚、山芋と蕎麦《そば》が供された。

山芋は、薩摩では米と一緒に年貢として納められた。ゆえに郷人は米とおなじく大事にする食い物の一つだ。

「秋乃、なにかしら」

江戸育ちの眉月には供された食い物が珍しいようで、興味津々に椀の中を見た。

「眉姫様、山芋のおとし揚げでございますよ」

「おとし揚げ、ですって」

「山芋はご存じですね。これは自然薯《じねんじょ》をすり鉢ですりおろして一口くらいの団子に丸めて、きつね色にこんがりと油で揚げたものです。塩と揉《も》み海苔《のり》がかかっております。薩摩の秋から冬にかけての味覚です」

と説明した。

眉月にも軍兵衛にも初めての食い物だ。

重兼らは焼酎を飲み始めた。

白木軍兵衛は焼酎には興味を示さない。

眉月や秋乃と同じようにおとし揚げに箸《はし》をつけた。

「軍兵衛さん、どんなお味」

眉月の問いに、満足そうな笑みが返ってきた。

「美味《おい》しいのね」

若者が大きく頷いた。

「眉姫様、こん若者《にせ》どん、焼酎《しょっ》よっか食いもんがよかごちゃね」

と麓館生まれの秋乃が、軍兵衛の食いっぷりに妙に感心してみせた。

「よかよか、人それぞれじゃっでな」

眉月が拙《つたな》い薩摩言葉で応じた。

うんうん、と若者が頷いて、

「こん高すっぽは、育ちがよしゅごわんが」

秋乃が応じた。

「爺様、明日はどちらに向かわれます」

眉月が重兼に訊いた。

「眉、先代の重豪様がどこの出か承知か」

重兼が突然尋ねた。

「出と申されますと」

と眉月が尋ね返した。

「わしが仕えた重豪様は、一門家筆頭の加治木《かじき》島津家の出でな、延享《えんきょう》二年（一七四五）生まれゆえ、わしと同じ五十二歳になられる」

重兼が懐《なつ》かしげに先代藩主の名を呼んだ。

「わしは、幼名善次郎《ぜんじろう》様時代の重豪様と加治木で暮らしたのじゃ。五歳の折り、宗家の島津家藩主宗信《むねのぶ》様が亡くなられたが、嗣子《しし》がなかったために実弟の重年《しげとし》様が薩摩藩主に就《つ》かれることになった。われら主従は加治木にて野太刀流を学び、重豪様が加治木島津家を継承していかれると思うておった。だが、天の運命《さだめ》か、善次郎様が十一歳の折りに重年様も身罷《みまか》られ、善次郎様改め重豪様が薩摩本家の藩主の地位に就かれた。重豪様もわしも、薩摩で生涯を過ごすものと思うておったが、重豪様の供で江戸藩邸暮らしをすることになった。これも運命じゃな」

重兼はしばし間を置いた。

「江戸の暮らしを知られた重豪様は、大きくお変わりになった。加治木がわれらのすべてであったが、江戸をご覧になって、薩摩がいかに在所かと考えられたようじゃ。たしかにな、江戸では薩摩者は、芋侍などと蔑まれていたこともたしかじゃ。重豪様の薩摩訛りが理解できぬと詰《つめ》の間で他の大名に詰《なじ》られたこともあるそうな」

「そのようなことがございましたか」

六之丞が驚きの言葉を発した。

焼酎を持つ手が止まっていた。

「薩摩と江戸は、唐人や高麗人の国より遠い。さようなことが重なってな、参勤下《か》番《ばん》にて鹿児島に戻られた重豪様は、五つの触れを出された。二十年以上も前のことであった」

一　薩摩訛りを直し、風習や髪型を改善せよ
一　他国者に薩摩の温泉の入湯を許せ
一　他国者に各種仕事の指導を仰ぐために入国を許せ
一　仏像など要望有れば開帳を許せ
一　花火、船遊び禁止を解く

重兼は焼酎に酔ったか、珍しくも饒舌《じょうぜつ》に先代藩主重豪のことを話し始めた。

江戸育ちの眉月が初めて聞く話であった。

「爺様、薩摩訛りを禁じられたのですか」

「そのようなことがあったな。だが、長年話してきた訛りをそう急に変えられるものではない。眉、重豪様が出された触れ以前は、薩摩訛りはもっと分かりにくかったことはたしかじゃ。われら、江戸に出て、芋侍の話す言葉は、異人並みじゃと、江戸者になんど辱《はずかし》められたか」

眉月が若者を見た。

名無しの軍兵衛は、味噌《みそ》仕立ての蕎麦の茶碗を手に重兼の言葉に耳を傾けていた。

「爺様、重豪様が二十年も前にさようなお考えをお示しになったのなら、高すっぽさんは、いえ、白木軍兵衛さんはなぜ外城衆徒に薩摩入りを拒まれたのでございますか」

「眉、薩摩は大国じゃ。薩摩、大隅、日向の三国の他に、琉球を併せ持っておる。いろいろな考えが錯綜しておる。外城衆徒が未だ国境でなぜ藩の意向に逆らって暗躍しておるのか、わしには今一つ理解がつかぬ」

重兼が首を捻《ひね》った。

「殿、こたびの加治木行きは、防人魏三郎《さきもりぎさぶろう》が率いる外城衆徒どもの暗躍と関わりがございますので」

　横目の伊集院幸忠が尋ねた。

　加治木がこの旅の行き先だと眉月も六之丞も軍兵衛も初めて知った。横目の伊集院だけが承知していたことになる。そして、若者にとって関心が深かったのは、外城衆徒の頭目が防人魏三郎という名だということだ。

「爺様、防人魏三郎という者が外城衆徒の頭《かしら》なのですか」

「眉、昔から外城衆徒の頭目は代々『防人魏三郎』という名を引き継いでおるのじゃ。その腹心が矢筈猿之助《やはずえんのすけ》というそうな。だが、城下士の中でもだれ一人として防人魏三郎と矢筈猿之助の素顔を見た者はおるまい」

「加治木行きは外城衆徒と関わりがあるのですか」

　伊集院と同じことを眉月が訊いた。

「いや、そうではない。加治木行きはな、わしが物心ついた地を今一度見ておきたいと思うたゆえだ。それと」

　と重兼が間を置き、

「最前も申したが、われらが子供の折りに習った野太刀流の猛稽古が続いておるならば、名無しの軍兵衛に見せたいと思うたまでじゃ」

と言った。

「殿、麓館の稽古では手ぬるうございますか」

六之丞が不満顔で質した。

「麓館の暮らしはわしの親父どのが守ってこられた。長年、重豪様に従い、わしは江戸と薩摩を往来してきたために外城の、麓の役目を忘れておったわ。一昨年の夏に戻ったとき、これが野太刀流であったかと訝しゅう思うておった。名無しどんが麓館に現れたのもなにかの縁、この若い衆が東郷重位様の示現流を修行したくて薩摩入りしてきたことは六之丞も承知じゃな」

「示現流はわれらとて見ることは叶いませぬ」

伊集院が言った。

「なんでもそうじゃが、門外不出、入国禁止と言うておると、他流他国とずれが生じてこよう。ゆえに重豪様と当代の齊宣様は、国境の出入りを緩められたのだ。だが、どうやらどなたかが、薩摩の国境を陰から支配しておるようじゃ」

と重兼が独白した。そして、話をもとへ戻した。

「わしはいま一度加治木の野太刀流を見てみたい。六之丞、そなたにとっても大事なことぞ」

「はっ」

六之丞は初めて加治木行きの目的を知らされ、緊張の面持ちで承《うけたまわ》った。

「時代の流れとともにあれこれと変化していくのは自然の理《ことわり》じゃ。そのことを重豪様は江戸で悟られ、ただ今の齊宣様がその考えを引き継いでおられる。だが、薩摩暮らしを続けておると、江戸の理や藩主の命に背く者が出てくるのも事実じゃ。名無しどんの戦いがその証よ」

重兼が同じ意の言葉を繰り返した。

「爺様、高すっぽさんを未だ外城衆徒なる者たちが狙っておりますか」

眉月の問いに重兼は答えようとはせず、名無しの軍兵衛を見た。

いつの間にか若者は夕餉の膳をきれいに食し終えていた。

眉月を見た若者がこくりと頷いた。

渋谷重兼のこの旅の目的には外城衆徒と決着をつけることも含まれているのかと、若者は考えていた。

「眉、この名無しどん、なかなか強《したた》か者よ。そう易々と外城衆徒らに命を取られることはあるまい」

と重兼が言った。

この言葉にも名無しの軍兵衛は表情を変えることはなかった。

翌未明、川内川の河原に名無しの軍兵衛の姿があった。

腰に薩摩拵えの大和守波平と脇差があった。

流れに向かい、瞑目した若者が前屈《まえかが》みになった瞬間、鯉口にかかっていた左手が鞘ごと、
くるり
と回り、同時に右手で長い柄の中ほどを握ると抜き上げた。しばしその斬り上げの姿勢を残したのち、鞘にゆっくりと波平を戻した。

再び上刃に戻した若者は、瞑想して同じ動作を繰り返した。

横目の伊集院幸忠と宍野六之丞がその光景を土手上から見ていた。

「ゆったりとした『抜き』です」

六之丞が言った。

「だれぞに見せておるのだ」

「と申されますと、われらを見張っている面々にですか」

「あの者たちが国境を離れて、なぜ名無しどんに関心を持つのか」

「横目の伊集院様もご存じございませんか」

「知らぬな」

「殿はいかがでしょうか」

「殿にはなんぞ考えがおありであろう」

「われらの旅は加治木ですね」

「と昨日、申されたな」

「今日の夕刻には加治木に着きます」

「着くな」

「名無しどんは、加治木で過ごされるのでございますか」

六之丞は高すっぽとか名無しとか白木軍兵衛などと呼ばれて本名も知らぬ若者と、いつしか別れがたい気持ちになっていた。

船頭の二人が旅籠から姿を見せた。船頭が伊集院と六之丞を見て、ぺこりと頭を下げた。

「気をつけて参れ」

と伊集院がこの地から麓館に戻る船頭に注意した。ふと船着場を見ると、いつの間にか軍兵衛の姿が消えていた。

「六之丞、われらも加治木へ出立《しゅったつ》じゃぞ」

二人は急いで旅籠に戻った。

四

薩摩領内を走る主要の筋（街道）は七筋だ。そのうち、出水筋（薩摩街道）を除く、大口筋、高岡《たかおか》筋、志布志《しぶし》筋、加久藤筋、綾《あや》筋、そして寺柱《てらばしら》筋の六筋は、鹿児島城下から北東に六里半（二十六キロ）先の大隅国加治木を通過した。

薩摩領内のほぼ中央部に位置する加治木は、百十数余の麓と私領を結ぶ、「要《かなめ》」の地であった。

地名の由来は、

〈加治木の名は、天盤樟船《あめのいわくすふね》の舵《かじ》より起れり。高古《こうこ》天盤樟の船に蛭子《ひるこ》を載せて風に順《したがい》て放ちしが、此処に漂ひ着きしに其舵より萌芽《ほうが》を生して大木となる〉

と『三国名勝図会』にある。

錦江湾《きんこうわん》の北に面していた加治木を治めてきた加治木島津家は、一門分家の中でも最も家格が高かった。

島津義弘《よしひろ》の子、島津家十八代太守《たいしゅ》で薩摩藩初代藩主家久《いえひさ》の三子忠朗《ただあき》が祖父義弘の隠居領および家臣の加治木衆を継承して創家したものだからだ。

近年、加治木島津家より薩摩本藩八代藩主の地位に就いたのが島津重豪であった。

島津本家と関わりが深い加治木島津家の「麓」は、交通の要衝として南の錦江湾と桜島に臨む景勝の高台にあって、古城には、

〈本丸、二丸、三丸、向城、高城、松尾城、新城等の諸名あり、城門壕塹《ごうざん》石垣等の跡、皆存せり、凡《およそ》周廻一里許《ばかり》、その西北は楢木川《ならきがわ》通し、龍門《りゅうもん》瀑あり、南は巉崖にて、高さ六十間許、高低あり、東は山岡相連《あいつらな》り、拵城に続く、雑樹生茂《おいしげ》れり〉

(『三国名勝図会』)

と古書に認められるほど、幕府の一国一城の布告のあとも、「麓」の名のもとに砦の機能を有していたことが分かる。

渋谷重兼一行が徒歩で向かう加治木は、加治木島津家六代目の領主島津久徴《ひさなる》の時代であった。

宝暦《ほうれき》二年（一七五二）生まれ、四十五歳の久徴は、武術より学問を好み、文学の才あって、秋岡冬日《あきおかふゆび》など学者を登用した。また領学毓英館《いくえいかん》を創設し、加治木の学問高揚に力を注いでいた。

道々、渋谷重兼は、江戸育ちの眉月に分かるように、訪ねる先の加治木について語り聞かせた。

名無しの白木軍兵衛も重兼の話を熱心に聞いていた。

渋谷重兼の一行は、夕暮れ前、加治木に到着しようとしていた。

行く手に晩秋の海と噴煙を上げる山が見えてきた。

「爺様、海に浮かぶ島が桜島《さくらじま》ですね」

西に傾いた陽射しに照らされた桜島に初めて接した眉月が、手を翳しながら見た。

「そうじゃ、加治木におる間に見物に参ろうかのう」

一行は「城」より二、三丁下った仮屋《かりや》近くの知り合いの家に泊まることが決まっていた。

眉月も若者も足を止めて、しばし薩摩半島と大隅半島が生み出した内海に浮かぶ桜島を黙って眺めた。

「爺様、最前、久徴様は武より文を好むお方と申されましたね」

「そう言うたな」

「高すっぽさんは剣術修行に薩摩に来られたのです」

「おお、そのことか。案ずるな。加治木領では久徴様のお好みとは別に野太刀流は盛んに継がれておる。仮屋近くに薬丸道場がある。まずは明日にでも、白木軍兵衛どんをその野太刀流薬丸道場にわしが伴おう」

重兼が眉月に言った。

横目の伊集院幸忠が、

「殿、気配が消えましたぞ」

と栗野以来感じてきた尾行の気配が消えたことを告げた。

「久徴様に遠慮したかのう」

と呟いた重兼は、懸念の因《もと》が島津重豪にあるのではないかという思いがだんだん膨らんでいるのを感じていた。

島津重豪が薩摩藩主八代目の地位を辞して齊宣に譲ったのは、九年前の天明《てんめい》七年（一七八七）一月二十九日のことだった。

だが、重豪は隠居しても藩政を後見すると称して「院政」を敷いていた。齊宣の政《まつりごと》への経験不足をその理由に上げていた。

当然、先代重豪と当代の齊宣の間に微妙な軋轢《あつれき》が生じるのは目に見えていたし、事実、藩政に芳《かんば》しからぬ影響を与えていた。

重豪の御側御用を務めてきた重兼は、重豪からの、

「齊宣を助けよ」

との命を、

「主は一代にございます」

と固辞し続けた。それでも重豪は江戸藩邸に重兼を引き留めてきた。

この重豪の「院政」は放漫にして家臣の士気を緩《ゆる》め、薩摩藩を財政危機に陥らせていた。

重豪派、齊宣派という派閥が生じ、微妙に対峙する中、重兼は、

「孫の眉月に薩摩を見せる」

との理由で薩摩に戻ることをようやく許された。

加治木島津家の出の重豪の隠然たる力は、江戸だけではなく薩摩でも見られた。

重豪の三女茂姫が十一代将軍家斉《いえなり》の御台所《みだいどころ》であり、隠居の栄翁《えいおう》（重豪）の外交力に当代の齊宣は敵《かな》うはずもない。だが、この重豪の藩政後見、二重政治は莫大な費《つい》えをもたらすことになる。

一方、当代藩主齊宣は、

「素朴にして剛毅な古風」

の復興を目指して、倹約を旨に財政再建を試みていた。

齊宣は、重臣らを掌握する重豪に対し、中士・下士の中から優秀なる者を抜擢して、近思《きんし》録《ろく》派を結成し、藩政の刷新を図ろうとした。

重豪の影響力は出自である加治木島津家にも及んでいた。

六代目の久徴が政《まつりごと》より文を好んだのも、重豪への反感があったのかもしれない、と重兼は見ていた。

「おお、参られたか、重兼様」

重兼一行を迎えたのは、加治木島津家の御用商人にして茶・煙草《たばこ》問屋の国分《こくぶ》屋《や》弐平《にへい》だ。

江戸との交易があるという弐平は江戸言葉で応対した。

「孫に加治木を見せとうてな、厄介《やっかい》になる」

重兼が茶・煙草問屋の主に応じた。

「善次郎様方と飲んで騒いでおられた頃が懐かしゅうございますな」

と弐平が昔を追憶する眼差しで言った。

「眉、善次郎様とは重豪様の幼名だと前にも言うたが、別名又三郎《またさぶろう》様とも呼ばれた。館にいるより町屋の国分屋に屯《たむろ》して、悪さばかりしておった」

と重兼が眉月に説明した。

重兼一行には、国分屋の離れ屋が用意されていた。

広々とした庭の向こうに内海に聳《そび》える桜島の山容を眺めることができた。なんとも風光明媚《めいび》な国分屋の庭からの眺めだった。

「どうじゃ加治木は、名無しどん」

と表情を見せない若者に重兼が尋ねた。

にっこりと微笑む若者の顔色を読んだ眉月が、

「爺様、大満足だそうよ。ねえ、そうでしょ、高すっぽさん」

眉月の通詞《つうじ》に若者が大きく頷いた。

この夕べ、菱刈郡の麓館の一所持《いっしょもち》渋谷重兼一行と国分屋の主らは、焼酎を飲みつつ昔話に花を咲かせた。

若者は相変わらず焼酎には口をつけず、眉月らと錦江湾で獲《と》れた新鮮な魚を菜に飯を食した。

「重兼様、この家来衆は大人しゅうございますな」

「名無しどんか」

「ななしとはまた珍しい姓ですな」

「われら、この者を川内川の葭原で流木に縋っているところを拾うてな。以来、九月が過ぎたが、なにも話さぬのだ。生まれつき口が利けぬと思える。姓名も出生地も忘れたようで、ゆえにわが麓館では名無しどんとか、高すっぽと呼ばれておった」

と重兼が前置きして、およその事情を告げた。

「なんと、狗留孫峡谷の底なし滝から生き返ってこられた若衆ですか。そりゃ、重兼様、頭の中がからっぽになるくらい肝《きも》を冷やされたのと違いますか」

弐平の言葉に重兼が頷き、言った。

「国分屋、剣術はそれなりの腕前じゃぞ。薩摩に剣術修行に参ったことはたしかなようじゃ」

「ほう」

と応じて、

「明日は野太刀流の薬丸道場に参られますか」

といささか顔色を改めた弐平が重兼に訊いた。

重兼が若者との関わりと経緯を告げたのは国分屋弐平との間に強い信頼関係があり、剣術好きだという一事が加わってのことだと、若者は理解した。そして、加治木で騒ぎが起こったときのことをも考えてのことだと思った。

「そのつもりである。なんぞ差し障りがあるか」

「いや、ちょうどようございます。重兼様は、薬丸新蔵様をご存じですか」

国分屋弐平が尋ね返した。

「いや、薬丸一族は承知じゃが、新蔵の名に覚えはない」

「野太刀流の薬丸兼富様の養子でございますが、ただ今、このお方が加治木の薬丸道場につむじ風を起こしておられましてな」

と前置きして語り始めた。

この人物薬丸新蔵は、前述した薬丸兼武のことだ。二年後の寛政十年（一七九八）二月一日、江戸において野太刀流の道場を開き、

「剣聖」

と呼ばれるようになる。

安永《あんえい》四年（一七七五）、薩摩城下新屋敷通町《しんやしきどおりまち》の薬丸家近く、小番《こばん》家の久保《くぼ》七兵衛《しちべえ》の次男として生まれ、七郎兵衛《しちろべえ》と名付けられた。

天明八年（一七八八）九月十五日、薬丸兼富の養子となって兼武を名乗り、諱《いみな》を兼充《かねあき》と称した。そして、翌年に新蔵と改めている。

二十二歳の薬丸新蔵は、薩摩藩の御家流儀示現流への入門を拒んで、薬丸家伝来の野太刀流の猛稽古に打ち込む。やがて藩を飛び出して、

「野太刀自顕《じげん》流」

を号し、江戸で武名を高めることになる。

だが、このことが後々示現流と薩摩藩の逆鱗《げきりん》に触れることとなり、薬丸兼武は屋久島《やくしま》への遠島《えんとう》を命じられ、天保《てんぽう》六年（一八三五）にかの地で病死する。

とまれ、これらは若者が麓館に滞在していた数年後のことで、話が先に進みすぎた。

「重兼様、新蔵様ほど野太刀流の稽古をなす人物は薩摩にもおられませぬ。『薬丸小路にはタテギ打ちの音と気合いが響かぬときはなか』とか『薬丸小路に鬼が棲む』と噂《うわさ》になるくらい、激しい稽古をなされますそうな。その才と稽古熱心な姿に示現流から幾たびも門弟への誘いかけがあったとか。ですが、新蔵様は考えるところあって示現流と距離を置かれたそうにございます。そんなわけで揉《も》め事《ごと》が生じましたが、ただ今加治木に見えておられますと。いずれ武名を挙げられる若武者でございますぞ」

眉月は、薬丸新蔵の話を聞く白木軍兵衛の眼がきらきらと輝いていることに気付いた。

「薬丸どのと会うのが楽しみじゃな」

重兼が軍兵衛に言った。

高すっぽが大きく頷いた。

「国分屋、そなたに口添えを頼もう。この名無しどん、わしの家来、白木軍兵衛として稽古を願うてもらえぬか」

　重兼の意を汲んだ弐平が、

「万事承知でございますよ」

　と請《う》け合い、

「ただし、新蔵様は、朝の間は独り稽古をどこぞで続け、道場には五つ半（午前九時）時分に姿を見せられるそうな。なんにしても明日が楽しみです」

　と期待の声で、高すっぽ、名無しなどの呼び名から白木軍兵衛へと変わった若者を見た。

　若者は、薩摩にいる間は己の出自を忘れて薩摩の剣術修行に打ち込む覚悟を決めていた。だが、狗留孫峡谷の滝壺に揉まれた恐怖により、

（己が何者か）

　曖昧にしか記憶がなかった。

　頭にあることは剣術修行のために薩摩入りした事実だけだ。

　そう、蟬はわずか十数日地上で生きるために何年も地中で過ごすのだ。ただ今は闇の中で手探りの修行時代だと思った。

（捨ててこそ）

わずかな記憶の中にある遊行者の無言の教えを守り抜くつもりだった。

薬丸新蔵の話を聞いたとき、若者は薩摩入りして、畏敬を抱く武芸者に初めて会える高揚感を感じていた。


翌未明、若者は国分屋弐平方の庭に出て、大和守波平を抜き打つ稽古を続けた。

薩摩の剣法は押しなべて、太刀風《たちかぜ》の速さを会得するために、柞の木刀を用いてタテギを続け打つ稽古を繰り返した。さらに「掛かり」と称する間合いから走り込んでの一撃をタテギに打ち付けた。

若者は、一撃必殺の薩摩剣法に畏敬の念を抱きつつも、先手をとる剣術に、

「違和」

を抱いているのも事実だった。

徳川幕府が始まって百九十年が過ぎ、城中においても謂《いわ》れなく刀を抜くことを禁じていた。そのことは浅野《あさの》内匠頭《たくみのかみ》の刃傷沙汰《にんじょうざた》の結末が大名や旗本たちに教えていた。

感情に任せて刀を抜くことは、

「己は切腹、家は断絶」

を意味した。

一方、薩摩には戦国時代の武芸者の気風が色濃く残っていた。

薩摩拵えの小さな鍔には二つの孔《あな》が空けられていた。この孔は、薩摩武士の心得を、

「刀は一点の曇りなく磨き上げて鞘に納め、針金を以て鞘留めをなし、やたらに抜くものではない」

と教えているという。

いざというときは腰から鞘ごと抜くことを奨励した。

このような考えを、若者は渋谷重兼や師範の大前志満雄から教えられていた。

しかし、実戦に際して鞘留めは差し障りにならないか、刀を抜くか抜かぬかは鞘留めに頼るのではなく、その者の、

「覚悟にあり」

と考えていた。

「抜き」の素早さと鞘留めで刀の動きを止められる矛盾は、若者には未だ判断がつかぬ問いであった。

若者は覚悟を以てゆっくりと抜く大和守波平の稽古を繰り返して、薬丸新蔵と

の対面を心待ちにしていた。

江戸の神保小路《じんぼうこうじ》の坂崎《さかざき》家の庭では、坂崎磐音《いわね》が直心影流《じきしんかげ》の極意、法定四本之形《ほうじょうしほんのかた》の、

「一本目の形、八相《はっそう》」

の独り稽古をなしていた。

むろん極意は打太刀《うちだち》と仕太刀《しだち》があって成り立つものだ。

だが、坂崎磐音の前にもはや相手をしてくれる仕太刀はいなかった。

武者修行に出た若者の死は薩摩藩江戸藩邸の用人膳所五郎左衛門《ぜぜごろうざえもん》から昨年の師走に伝えられ、さらに年明けには、霧子《きりこ》がその戦いと死の模様を磐音らに伝えてくれた。

あれ以来、霧子は尚武館《しょうぶかん》に滞在していた。

次の参勤上番《じょうばん》で江戸に出てくるのを待てと、亭主の重富利次郎《しげとみとしじろう》に命じられていたからだ。

武芸者たる坂崎磐音の後継が武者修行に出て、死に遭《あ》うのは覚悟の前であった。

だが、これほど虚《むな》しさが募るものか、磐音にとって、想像もしなかったことだっ

た。

武者修行者の死は、尚武館道場の主《おも》だった門弟や親しい付き合いのある者たちには知らされていた。

佐々木玲圓《ささきれいえん》の剣友だった速水左近《はやみさこん》や親しい交わりをしてきた両替商の今津屋吉右衛門《いまづやきちえもん》らは、

「どうじゃな、磐音どの、親しい者だけで別れを催さぬか」

「お辛いことは重々承知でございますが、気持ちの整理をつけることもこの際、大事なことかと存じます」

と磐音とおこんに心からの忠言をしてくれた。

だが、おこんは無言で頭を下げたまま、その忠言を拒んでいた。

磐音の頭の隅には、直心影流尚武館道場の後継をどうすればよいのかという思いがあった。また尚武館道場には、いま一つ隠された「秘密」があった。

この「秘密」もわが死とともに絶えるのか、気持ちを定めるときが来ていた。

そんな気持ちを振り切って、無心に直心影流の極意の動きをなぞっていた。

第三章　薬丸新蔵

一

加治木の「城」からおよそ三丁ほど内海（錦江湾）の方角に下り、町屋と外城衆中の屋敷が混在する界隈に、

「野太刀流薬丸道場」

が石壁と防風林に囲まれるようにあった。

渋谷重兼、伊集院幸忠、宍野六之丞、そして白木軍兵衛の四人を案内するように国分屋弐平が野太刀流薬丸道場の門前に立った。

しばし足を止めた重兼が、

「国分屋、かように門は立派であったか」

「重兼様は何年ぶりの加治木訪問にございますな」

「最後に訪れたのは二十五、六年前になろうか」

「では、昔の門は野分《のわき》で壊れて十年余前に造り替えております」

と弐平が答え、

「道場もだいぶ風と雨にやられましたが、建物の土台もしっかりしておりましたので、こちらは修繕をしただけで済みました。ゆえに建物は重兼様の知る道場でございますよ」

と言い添えた。

若者は、薩摩の建物がどこも高さが低いことに気付いていた。野分の風を避けるために石垣や防風林があり、建物もできるだけ低くしてあるのだろう。麓館で二度ほど野分を経験したが、江戸の野分より一段と激しいものであった。それでも六之丞に言わせれば、

「並みの野分にごわんど」

と言い放ったものだ。

野太刀流薬丸道場は、頑丈な石組みと漆喰《しっくい》造りの建物だった。

内部からは薩摩の剣術独特の奇声とタテギ打ちの音がしていた。

道場は板敷ではなく土床で、表面はさらさらとしていて足が一寸ほど埋まった。この土床の土こそ足腰を鍛える秘密かと若者は考えていた。

広さは百数十畳はあろうか。土に埋まりながら裸足《はだし》で加治木島津家の家来が稽古をしていた。その数四十数人。

見所《けんぞ》は道場より一段高い場所にあった。

道場の四隅には、背丈ほどの堅木《かたぎ》が立てられていたが、これもまたタテギと呼ばれた。それぞれタテギに向かって左右の蜻蛉の構えから続け打ちをしたり、掛かり稽古をしたりしていた。

渋谷らは神棚に一礼し、見所とは別の細長い板敷に座した。そこは家臣の休息の場であり、また端には大小長短さまざまな柞《ゆす》の木刀が置かれてあった。

薩摩の木刀は、柞の木を十年ほど乾燥させたものだ。それぞれが己の腕と力に見合った柞の棒を選んで使った。

白木軍兵衛は麓館の野天道場で柞の木刀を見慣れ、馴染んでいたせいか驚かなかった。

刻限は五つ半（午前九時）に近かった。

薬丸新蔵がその刻限でなければ姿を見せぬというので、少し前に道場入りしたのだ。

師範と思《おぼ》しき一人が、渋谷重兼に黙礼し、重兼も返礼した。

そのとき、道場にぴーんとした緊張が走った。

加治木島津家の当代領主島津久徴が、小姓を従えて見所に姿を見せたのだ。

渋谷重兼がすぐに立ち上がり、挨拶《あいさつ》に向かった。

薩摩藩島津家の中で加治木島津家は一門、麓館の主の渋谷重兼は一所持ゆえ、身分には歴然たる違いがあった。だが、重兼は先代薩摩藩主島津重豪の御側御用を長年務め、歳も兄と弟ほど違う。

久徴は年上の重兼を見所御座所の隣に座らせ、親しげに言葉を交わしながら稽古を見物することになった。

久徴が道場入りしてしばらくした頃、一人の若者が姿を見せた。領主に目を留めた若者は、黙礼して木刀の置き場に向かった。

白木軍兵衛は猫のような静かな動きから、この者が薬丸新蔵であろうと察した。

背丈はさほど高くはない。だが、足腰ががっちりとして、鍛え上げられた武芸者のみが発する、

「覇気」

が五体に漲《みなぎ》っていた。

薬丸新蔵と思しき若者は土床の道場に出ると、一基のタテギに向かった。するとそれまで稽古していた門弟衆が、さっと場を譲った。

薬丸新蔵は場を譲った門弟衆に一礼を返し、タテギの前に立った。

しばし瞑目した新蔵が五尺余の木刀を右蜻蛉に立てた。

白木軍兵衛こと若者は、新蔵の右蜻蛉の構えを凝視した。柞の木刀が、
ぴたり
と虚空の一点を差して、かたちになっていた。

「いえーっ」

腹の底から絞り出した気合いとともに腰を沈めると、木刀でタテギを打った。

地響きがするほどタテギが乾いた音を響かせ、揺れた。

次の瞬間、新蔵は立ち上がりながら左蜻蛉に木刀を立て、再び裂帛《れっぱく》の気合いとともに振り下ろした。

再び右蜻蛉に戻して打ち下ろし、左蜻蛉で続け打ちした。

右から左からの一打のたびに道場が震えたが、新蔵の構えと動きに狂いはなかった。

「地面を叩き割れ」

白木軍兵衛は初めて野太刀流の打撃の真髄を見た思いがした。

新蔵はどれほどタテギを叩き続けたか、不意にやめた。

「薬丸新蔵、参れ」

領主島津久徴が声をかけた。

「はっ」

新蔵が見所の前に向かい、片膝をついて畏《かしこ》まった。

「新蔵、渋谷重兼どのに挨拶せよ」

領主の言葉に新蔵は、かたわらの武家が重豪の御側御用を長らく務めてきた麓館の主と気付いたようで、

「薬丸新蔵にございます」

と頭を丁寧に下げた。

「新蔵、目の覚めるような見事な続け打ちを見せてもろうた」

と重兼が言い、

「頼みがある」

とさらに言葉を続けた。

先代藩主の島津重豪は、加治木島津家の出で、隠居した今も大きな力を振るっていた。その重臣の頼みだ。

「なんなりと」

「わが家来に稽古をつけてくれぬか」

新蔵は、重兼の言葉をどう受け止めてよいか、しばし返答に迷った。

野太刀流の稽古はタテギを相手に木刀を振るい続けることだ。他流のように、

「形稽古」

はないに等しい。

渋谷重兼ほどの人物がそのことを知らぬはずはない。

「白木軍兵衛、これへ」

薬丸新蔵の逡巡《しゅんじゅん》をよそに、重兼が同道してきた家来の一人を呼んだ。

無言で会釈《えしゃく》した軍兵衛が、土間に下りた。

新蔵は、まだ少年の面立ちを残した六尺余の若者を見た。

(薩摩者《もん》じゃなかかな)

新蔵が最初に感じたことだ。

「軍兵衛、薬丸新蔵どのに教えを乞え」

重兼が命じると、軍兵衛と呼ばれた若者が無言で頷いた。

「おお、言い忘れておった。新蔵、この者、口が利けぬのだ」

「ないがぁ」

薬丸新蔵は呆れた。

口が利けぬ者が野太刀流の修行をしようというのか。

「重兼様にお尋ねいたしまする」

「なんじゃ」

「早捨《はやしゃ》を試みよと申されますか」

「早捨」とは野太刀流における立ち合い稽古だ。出しと呼ばれる長棒と打ちと呼ばれる木刀を持っての対戦だ。

他の流儀でいえば打ちは仕太刀《しだち》、出しは打太刀《うちだち》あるいは受太刀《うけだち》と呼び分けられ、仕太刀は初心、打太刀は上位の者の役目だ。

「ならぬか」

重兼の返答に新蔵は若者を見た。

にこにこと邪気のない笑みが漂う顔を下げて、稽古を願った。

「早捨を承知か、おはん」

軍兵衛と紹介された若者が頷いた。

「よか。野太刀流はきつかで、覚悟せえ」

軍兵衛が頷き、新蔵に一礼し、さらに領主の島津久徴に会釈して、いったん席へと戻った。

「軍兵衛」

六之丞が柞の木刀を差し出した。

会釈して受け取った。

「死ぬ気で打ちかかれ」

六之丞は続け打ちを見て、薬丸新蔵の技量が噂以上の、ただならぬものと察していた。

両者は、加治木の地で初めて長棒と木刀を持って対峙した。

若者は薩摩に入り、一番の強敵を前にしていた。すべてを出し切らねば生きてはおられまい。記憶は曖昧でも、長年修行してきた直心影流の技を体が忘れていなかった。だが、それを野太刀流薬丸道場で披露すれば、

「己の出自」

が分かることになりかねない。書き付けもなく薩摩入りしたことが明らかにな

ってしまう。

（どうすればよいか）

一瞬迷った。

直心影流を見せてはならぬ。

これは勝負ではない。あくまで野太刀流の技の基を知るための稽古だ、と己に言い聞かせた。同時に、薬丸新蔵に立ち合うには全力を尽くさねば、

「非礼」

にあたるとも考え直した。

己のすべてを出し尽して対抗すると覚悟を決めた。

間合いは早捨の十五、六歩。

軍兵衛は右蜻蛉に木刀を構えた。

ぴたりと決まった構えだった。

新蔵が長棒の中ほどを右の小脇に抱えた。

顔を上げると、軍兵衛の表情が変わっていた。

（こん兵児《へこ》は）

新蔵の形相《ぎょうそう》も変わった。

長棒の先をぐるぐる回しながら、一気に軍兵衛に迫った。

「これは」

宍野六之丞は驚きを隠せなかった。

上位の長棒が先に仕掛けたのだ。

間合いに入った瞬間、長棒が突きに出た。

野太刀流の早捨は、木刀を持つ下位の者が間合いに入っていくのが常だ。

だが、新蔵は野太刀流の、

「早捨」

の仕来《しきた》りを捨てていた。「抜き」の相対稽古でありながら、長棒のほうから仕掛けていた。

長棒が、
ぐいっ
と伸びて軍兵衛の胸に迫った。

次の瞬間、軍兵衛の右蜻蛉の木刀が、突きにきた長棒の先を叩いた。

だが、そのときには長棒の先は引かれて、軍兵衛は虚空を切らされていた。

その直後、二人の立ち位置が変わっていた。

見物の衆が息を呑《の》んだ。

軍兵衛は、慌てることなく、相手がこれまで立っていた場所で左蜻蛉に木刀を構え直し、素早い動きで間を詰め、一気に迅速強打の振り下ろしを行った。

初めて木刀と長棒が絡《から》んだ。

かーん
と乾いた音が響いた。

野太刀流薬丸道場の面々は、新蔵の最初の一撃が躱《かわ》され、すぐに軍兵衛の木刀が振り下ろされなかったことに驚きを禁じ得なかった。

新蔵は軍兵衛の振り下ろしの間を見ながら長棒の長さを自在に変えて、突き、払い、打ちかかっていた。

長棒と木刀が絡んで乾いた音を立てた。だが、互いに身を打つまでには至っていない。

どちらも隙を見いだせずにいた。

野太刀流の「早捨」は、約束稽古ではない。上位の長棒が木刀の隙を見て攻め入ることが許されていた。

もはや打ちたる木刀も出しと呼ばれる長棒も、己の力と技を出し切って攻め、防御していた。「抜き」の相対稽古の域すらを超えていた。

四半刻《しはんとき》（三十分）がいつしか過ぎていた。

その間、新蔵も若者も動きを止めず、相手に隙あらば攻め込んでいた。

「重兼どの、すごか家来でごわすな」

と思わず加治木の領主久徴が洩らした。

（名無しめ、本性を見せおったわ）

重兼は、出水筋の国境、野間関の境川で二人の武芸者を相手にしても全力を見せなかった若者が、

「本気」

で薬丸新蔵に打ちかかっていることに気付いていた。

新蔵もまた一撃目を躱された驚きから気持ちを切り替えると、白木軍兵衛なる麓館の外城衆中に打ちかかっていた。そして、

（こん兵児、薩摩者じゃなか）

と改めて悟っていた。

新蔵は、木刀をこれほど巧みに使いこなし、長棒の続け打ちを弾《はじ》き、躱す相手を知らなかった。木刀の使い方に豪儀一方の示現流とも野太刀流とも異なる精緻《せいち》

にして柔軟な技が混じっていた。

新蔵は長棒の長さを利して多彩に間断なく攻めたが、渾身の攻めを白木軍兵衛は必死の形相で外し続けた。

薬丸新蔵は面目《めんぼく》にかけて、

「倒す」

と決意を固め、猛稽古で培《つちか》った打撃を繰り返した。だが、相手は臆することなく新蔵に肉薄してきた。

いつしか半刻（一時間）が過ぎ、一刻（二時間）が経とうとしていた。

だが、両者の動きは衰えるどころか、ますます迅速さと巧妙な動きを繰り出して、なおも攻防が展開された。

「こげん早捨、見たこともなか。いや、これは『抜き』の相対稽古でもなか。真剣勝負じゃっど」

横目の伊集院幸忠も呟いていた。

「六之丞、名無しどんは一体何者じゃっと」

「伊集院様、知いもはん」

二人の麓館の家来らが思わず薩摩言葉で言い合っていた。

「重兼どの、薬丸新蔵をこれほどまでに本気にさせた若者《にせ》は知いもはん」

島津久徴も洩らしていた。

「驚き申した」

と重兼も答えるしか術《すべ》がなかった。

どちらかが音《ね》を上げて倒れるしか、早捨の決着はつかなかった。

後々この薬丸新蔵と「白木軍兵衛」の真剣勝負は、野太刀流薬丸道場の、

「空前絶後の立ち合い」

として語り継がれることになる。

二刻(四時間)をすでに過ぎていた。

久徴が重兼を見て、無言で、

「引き分け」

を宣するべきかと訊いた。

「久徴様、どじゃいこじゃいなか」

どうもこうもならぬと重兼が応じたとき、
ぱあっ
と軍兵衛が後ろに下がり、間合いを空けて右蜻蛉に木刀を構え直した。

真っ赤な顔に、
「一撃必殺」
の覚悟が改めて滲《にじ》んでいた。最後の一撃に賭けた表情だった。
薬丸新蔵も長棒を構え直した。
阿吽《あうん》の呼吸で両者が間合いを詰めて、長棒と木刀が何百度めか、絡み合った。
鈍い音が響いた。
なんと杵の木刀と長棒が絡み合って二つとも折れていた。
ぱあっ
と飛び下がったのは軍兵衛だった。
土の道場に座すと薬丸新蔵に向かって深々と平伏した。
それを見た新蔵も同じく道場に座り、若者に向かって頭を下げた。
「はっはっはは」
と笑いが見所から起こった。
渋谷重兼の高笑いの声だった。
その声に呼応するように、顔を上げた薬丸新蔵が笑った。
軍兵衛だけが笑みを洩らすこともなくひっそりと座っていた。

この瞬間、若者は己の五体に変化が起こったことを察していた。狗留孫峡谷の滝壺に落下して、激しい渦に巻き込まれた恐怖が掻《か》き消えたのだ。過去の記憶が明白に蘇ったことを若者は静かに感じ取っていた。

若者の脳裏に幼い頃の思い出が蘇った。

(だが、行は続いておる)

と己に言い聞かせた。

野太刀流薬丸道場の見物人は息を呑んで、二刻半（五時間）以上も戦い続けた二人の若武者を見つめていた。

「薬丸新蔵、よう稽古をつけてくれたな。そなたら、こいから、よか剣友《どし》になろうぞ」

と重兼が言い、新蔵も若者も見所に向かって一礼した。

二

薩摩から肥後に向かう大口筋の龍門司坂《たつもんじざか》は、創家から四年の、寛永《かんえい》十二年（一六三五）、加治木島津家が初めて行った大普請《だいぶしん》だ。

加治木は薩摩領内を通る主な筋七つのうち、六筋が通過する交通の要衝だ。ゆえに本家島津家の命で龍門司坂を石畳で整備したのだ。坂は長さ十三丁半余、道幅二間半の立派なものだ。

龍門司坂の由来は、

〈往古龍門寺ト云《いふ》寺有り〉

と古書が伝える。

参勤交代の折り、この大口筋の龍門司坂を千人余の薩摩藩の行列が上り下りしたのである。急な傾斜の石畳には苔《こけ》が生えており、馬や乗り物が行くのは大変の極みであったろう。

今では参勤交代の順路はこの大口筋より出水筋で、川内川河口の京泊などから海路摂津《せっつ》に向かうようになったのもむべなるかなだ。

若者は龍門司坂に立って考えていた。

あまつさえ雪がちらちらと竹林の間から吹き込んできた。

眉月はごく自然に若者に手を差し出した。若者は眉月の手を引いて龍門司坂をゆっくりと上がった。片手には竹杖《たけづえ》を突いていた。

同行者は老女の秋乃と小女のおえつの二人だ。

秋乃もおえつも竹杖を手にしてお互いに手と手を取り合っていた。

加治木に渋谷重兼一行が到着して、すでに三月《みつき》が過ぎていた。

正月がすぐそこに来ていた。

若者が渋谷重兼らに命を救われて一年が経とうとしていた。

野太刀流薬丸道場では、薬丸新蔵と白木軍兵衛の稽古が道場の半分を占めて、毎日続けられていた。二人の間から焰《ほのお》が立ち昇るような稽古は、いまや道場の名物になっていた。

好敵手を得た二人は、

「今日こそ負かしてやる」

との意気込みで稽古を始めるものだから、余人が二人の間に立ち入る隙はまったくなかった。

その日の稽古が終わったとき、新蔵が軍兵衛に話しかけた。

「重兼様に聞いた。おはん、東郷重位様が流祖の示現流の修行のために薩摩入りしたというのは真《まこと》か」

軍兵衛が頷いた。

「新蔵どのは東郷示現流を承知か」

若者は土の床に指先で書いた。

「おいの姓は薬丸ではない。親父は小番家の久保七兵衛之英というのだ。親父は薬丸家が編んだ『示現流聞書《ききがき》喫緊録《きつきんろく》及付録系図』の実作者よ。親父の剣術は大したものではなかったが、東郷位照《たかてる》様より、おいの養父の薬丸兼富と一緒に四段の免許を受けた。だがな、剣より文に才があった。おいが薬丸家の養子に入ったのは、薬丸兼富が病にかかり、稽古をやめざるを得なかったからだ。薬丸家の頼み事をおいの家は断りきれん。そんな経緯があってな、おいも示現流は知らぬわけではない」

新蔵が若者に説明した。

野太刀流薬丸道場の門弟たちは、新蔵が名無しの白木軍兵衛にだけは長話をするのを訝しげに見ていた。

お互い剣の力を認め合っているのだ。

若者は、再び土の上に指で文字を書いた。

「東郷示現流は門外不出とは真か」

「いまでも東郷示現流を極めたいか」

顔を歪《ゆが》めた新蔵が反問した。

若者は首肯もせず、指で土間に文字を書くこともしなかった。すると新蔵は口の利けない若者に教え諭《さと》すように言った。

「剣術は門外不出では上達せぬ。身内だけの稽古でなにを守ろうというのだ。おはん、すでに薩摩の剣術を承知しておるゆえ、もはや示現流の修行など無駄なことよ、要らぬ考えだ」

新蔵は言い切った。

若者はすぐに応答しなかった。

新蔵は若者が他国者と判断していて、薩摩言葉を使わなかった。だが、興奮すると薩摩言葉が口を衝《つ》いた。

「よかか。いつの日か、おいが、薬丸新蔵が東郷示現流をつんぬくい」

新蔵は薩摩の御家流儀東郷示現流を打ち破ると若者に宣告した。若者は、その言葉が大言壮語《たいげんそうご》でないことを察していた。

だが、この気性の荒さが後年薬丸兼武（新蔵）に不運を招くとは、若者は夢想だにしなかった。

ともあれ、新蔵は白木軍兵衛なる好敵手を得たことに満足していた。

そんな薬丸新蔵が、伊集院幸忠と宍野六之丞に同道して鹿児島に向かったのは、師走も残り少なくなった頃のことだった。

島津久徴と渋谷重兼の話し合いののち、三人に鹿児島先行の命が下ったのだ。

稽古相手を失って寂しげな若者に眉月が、

「滝見物に行かない」

と言い出した。そこで重兼の許しを得て、女衆三人に若者が同行することにしたのだ。

朝稽古が終わったあと、昼過ぎの刻限から徒歩で龍門滝《りゅうもんだき》に向かった。

若者の掌に眉月のしっとりと柔らかい温もりが伝わってきた。

ようやく龍門司坂の上に出た。

龍門滝はさらに山道を回り込んだところにあるという。

若者は眉月の手を離すと、坂を下って秋乃の手助けに向かった。

冬の光が竹林越しに粉雪と一緒に舞っていた。

「高すっぽさんたら、不思議な人よね。薩摩《さつま》男《ぼ》とは別人よね」

眉月が呟いた。

その視界に親切にも秋乃の手を引く若者が見えた。

眉月が見物をしたいと言い出した龍門滝は、高さ百五十尺余（四十六メートル）幅百四十尺余（四十三メートル）の滔々《とうとう》たる水量の瀑布だ。

この滝を見た唐人が、

「漢土《かんど》龍門の瀑を見るが如《ごと》し」

と述べた言葉から龍門滝と呼ばれるようになったという。

粉雪が舞う龍門滝は曾木の瀑布の壮大さには劣ったが、高さにおいて圧していた。

若者は、どこからともなく見張る眼を意識した。

麓館からの道中もそのような気配を感じていたが、加治木に到着する前には消えていた。それが再び現れた。

道中の始め、監視の眼を外城衆徒と考えていた。だが、若者はどこか山《やま》ん者《もん》の視線とは違うような気がしていた。

女衆三人を伴っての帰路だ。ともかく龍門司坂を戻るのは危険だと若者は判断した。

（はてどうしたものか）

と若者が危惧《きぐ》を感じたとき、

「高すっぽさん、狗留孫峡谷の滝はもっと高いの」

と眉月が尋ねた。

もはや若者は狗留孫峡谷の死の経験を乗り越えていた。そう考えたから眉月はこの龍門滝に若者を誘ったのだ。

若者は滝の頂きをしばし眺め、もう少し高いと仕草で眉月に告げた。

「高すっぽさんは、並みの人ではないわね」

眉月の言葉に笑みで応えた若者は、

「オクロソン・オクルソン様」の支配する狗留孫峡谷は、

「異界」

であり、若者がいまも生きて娑婆《しゃば》界にいるのは、「オクロソン・オクルソン様」の
「お恵み」

だと信じていた。

だが、あの峡谷を知らぬ眉月に狗留孫峡谷を理解してもらうのは無理なことだ。

曾木の瀑布や龍門滝とはまったく違う精霊の棲む地であった。

「眉姫様、この時節に滝見物なんて、そのうえ、まさか雪にまで降られるとは思いませんでした」

首を竦めて寒そうに滝を眺める秋乃がぼやいた。

「おえつ、秋乃は龍門司坂を下るのは嫌だそうよ。帰りはもっと楽な道はないかしら」

眉月の言葉におえつが、

「郷人に訊いてきましょう」

と応じて、滝の下の百姓家に走っていった。

四半刻後、眉月らは滝下の茶店で、温かい茶と搗《つ》きたての餅《もち》を二股竹に差した、「両棒《じゃんぼ》」

を食して一息ついた。

「眉姫様、薩摩は武の御国柄でございましょ。ですが、一年に一度、十月の中頃に女子講《おなんこう》がございまして、男衆《おとこし》が女子の形《なり》をして女子衆を接待するのです。そんな折りにこの両棒がよう供されましてね。私が幼かった折りも白みそと砂糖のたれをつけた餅でございました。懐かしゅうございます」

秋乃が眉月に説明した。

搗きたての餅に白みそと砂糖のたれは確かに美味であった。

「秋乃、おいしい」

眉月も両棒が気に入ったようだ。

ひと休みした眉月の一行は、茶店の小舟を借り受けて綱掛川《あみかけがわ》を下り、加治木に戻ることにした。

眉月がただの女子衆ではないと、茶店の老爺も推量したのだろう。また滞在先が茶・煙草問屋の国分屋と聞いて、すぐに手配した。

「どう、高すっぽさん」

眉月が二つ目を食さないかと皿を差し出した。頷いた若者が二つ目の両棒を手にしたとき、武家三人が茶店に入って来た。

形から鹿児島城下士ではないと若者は判断した。それとも、どこか外城衆中の郷士が龍門滝の見物に来たか。

「焼酎《しょっ》を黒じょかでくいやぃ」

と一人が老爺に命じた。

やはり龍門滝見物で体が冷えたのか。三人は囲炉裏《いろり》端で女連れの若者を眺めた。

その瞬間、若者は監視の者たちの一味ではないかと考えた。だが、三人が若者らをとくと承知とは思えなかった。

ぐいぐいと焼酎を飲みながら無遠慮に眉月を眺めていたが、老爺を呼んで声高な薩摩言葉で何ごとか命じた。

老爺が拒んだのか、顔を横に振った。

「眉姫様、そろそろこの店を出たほうがようございましょう」

秋乃が眉月に言った。

いつの間にか師走の夕暮れが近付いていた。

若者もなにか面倒が生じてもいかぬと思い、賛意を仕草で示した。

おえつが老爺に勘定を願った。

すると老爺を制した三人のうち一人が囲炉裏端から立ち上がり、すでに焼酎に酔ったか、よろよろと眉月らに歩み寄って薩摩言葉で話しかけた。

秋乃が険しい表情で断った。

男が秋乃の言葉を無視して眉月の手を摑もうとした。酒の酌でもさせようという魂胆か。

若者の手がやんわりと男の手を制した。

男は大声で叫んで若者の手を振り払い、睨んだ。

若者は秋乃に眉月を表に連れ出すよう目顔で願った。

仲間二人が加わろうとした。

若者は最初の男の前に立ち、眉月たちが表に出るのを待った。

秋乃が茶代を置き、おえつと二人で眉月を表に連れ出した。

おえつの声がして、小さな悲鳴も聞こえた。

表にも仲間がいたのだ。

最初から眉月一行に目をつけての行動らしい。

若者の動きが変わった。茫洋《ぼうよう》としていた顔が変わり、精悍《せいかん》な眼差しに変じていた。

だが、師走の夕暮れで相手はその変化を見落とした。

表に待ち構えていたのは四人だ。全員が木刀を携えていた。

若者は刀の下げ緒を解くと鞘ごと抜いた。

表の一人が薩摩言葉で言い、仲間が笑った。

鞘ごと抜いた若者の行為を抗《あらが》わぬと思ったか、蔑みの言葉を投げかけたのだろう。相手は若者一人とみて油断していた。

若者は、冬の宵闇《よいやみ》を眺めた。

この者たちの動きを確かめている者がいた。いや、若者の力量を確かめようとしていた。明らかに外城衆徒の面々ではなかった。

若者が鐺《こじり》を四人に向けたとき、茶店から三人の仲間が出てきた。

眉月ら女三人は、若者の左手に立っていた。

視線を一瞬眉月に向けた若者が、前を塞《ふさ》ぐ四人に向かって飛んだ。

木刀を手にした四人には予想もかけない飛燕《ひえん》の動きで、薩摩拵えの鐺が次々に鳩尾《みぞおち》を突いて、悲鳴を上げる間もなくその場に倒れ込んだ。

若者は、即座に眉月らのもとへと飛び下がり、
くるり
と向きを変えて茶店から出てきた三人に向き合った。

茶店の灯りで、若者の顔に笑みが浮かんでいるのを三人は見た。

「こん高すっぽが、うっ殺せ」

一人が叫び、草履《ぞうり》を後ろに飛ばすと、刀の鞘口《さやぐち》の手を上刃から下刃に変えた。

その直後、胸を鐺で突かれ、左右の二人が立ち竦んだところを大和守波平の鐺がさらに襲いかかった。

寸毫《すんごう》の間に七人を倒した若者は、波平を平然と腰に戻しながら、七人を唆した

者へと眼差しを送った。

「高すっぽさんを甘く見たのね」

嬉《うれ》しそうな笑顔で眉月が洩らした。

「眉姫様、加治木に戻りますよ」

秋乃に急《せ》かされて四人は頼んでおいた舟に乗り込み、言葉もない茶店の老爺に見送られて綱掛川を下っていった。


眉月の一行が国分屋の離れ屋に戻ったとき、文を手にした渋谷重兼が、

「なんぞあったか。眉の顔が上気しておるわ」

と質した。

「爺様、ございました」

眉月が龍門滝近くの茶店の出来事を話した。

「何者か分かるか、名無しどん」

七人の者たちを使嗾《しそう》した者が、あの場の諍《いさか》いを見ていたことを、若者が紙に書いて重兼に告げた。

「あら、そんな人があの場にいたの」

と眉月が若者を見た。

しばし沈思していた重兼が国分屋の主を呼んだ。

「重兼様、なんぞ御用でございますか」

眉月らが遭遇した出来事を語り聞かせ、

「鹿児島の伊集院から知らせが来ておる」

と手にした書状を見せた。

「国分屋、正月を加治木で迎えようと思うておったが、どうやらことが動き出したかに見える。いささか急じゃが、明日にも鹿児島に移ろうと思う。船を仕度してくれぬか」

と願った。

「年の内はわが家と思うておりましたが、残念です」

武平が別れを惜しんだ。

「眉月に向島《むこうじま》を見せておきたいゆえ、船旅で城下に入ろうと思う」

向島とは桜島の別称だ。

「承知いたしました」

「長いこと逗留したな」

「久しぶりに重兼様と昔話ができました。これで重豪様が加わられると、もっと賑《にぎ》やかでございましょうがな」

「栄翁様は、未だ政に未練を残しておられる。昔話は当分できまいな」

と重兼が弐平に言い、

「こたびの騒ぎ、栄翁様に関わりはございますまいな」

と弐平が案じ顔で尋ね返した。

「虎の威を借る狐どもの仕業よ。重豪様も齊宣様もご存じあるまい」

「大掃除をなされますか」

「わしは隠居じゃ、そう働かされては敵わぬ」

と重兼が答えた。

「で、あればようございますが」

とすべてを心得た様子の国分屋弐平が明日の仕度を命ずるために立ち上がった。

三

寛政八年師走の内海を、加治木の茶・煙草問屋国分屋の持ち船が帆を広げて走っていた。

渋谷重兼一行が海上から桜島を見物に向かう姿だった。

桜島は、

〈周廻凡《しゆうかいおよそ》七里十二町余有（島渚の周廻は、九里三十一町余あり）。島形大抵円《まろ》し、中央に桜島嶽秀出す、人家皆海岸に沿《そい》て居る。南に沖小島あり、西南に鳥嶋あり、北に新島あり、皆当島に属す〉

と『三国名勝図会』は江戸期の桜島を記す。また桜島の湧出《ゆうしゆつ》に諸説あり、として、

〈古説に豊玉姫《とよたまひめ》の産時に、彦火々出見尊《ひこほほでみのみこと》、其《その》醜形を見給ふ。因《よつ》て姫の積怒変じて此山となるといへり〉

を筆頭にあれこれある。また桜島の士人池田新兵衛《いけだしんべえ》所蔵の年代記によると、

〈養老《ようろう》二年、向島湧出〉

とある。

養老二年は西暦七一八年だ。

現代の研究では二万九千年ほど前に大隅半島と薩摩半島の内海北部に超巨大噴火が起こり、「姶良《あいら》カルデラ」と「シラス台地」が形成され、桜島の誕生はその

三千年ほど後だと推測されている。

有史時代になって天平宝字《てんぴょうほうじ》八年（七六四）、文明《ぶんめい》三年（一四七一）、近くは安永八年（一七七九）に大噴火があって、桜島の様相をその都度変えていったのだ。

国分屋の老番頭の壱蔵《いちぞう》が古には向島と呼ばれた桜島の歴史を眉月らに説明してくれた。

初めて間近に見る桜島の威容に、眉月も若者もただ圧倒されていた。

桜島は、島の周りにいくつかの小島を従えて、静かに噴煙を西へと上げていた。

「殿、かように桜島を海の上から間近に見たのは初めてですよ」

秋乃も言葉がないようだった。

「殿様、安永の大噴火を覚えておられますか」

と壱蔵が重兼に訊いた。

安永八年十月一日の大噴火は十七年前のことだ。

三百年ぶりの大噴火は、肥後、日向など近隣の国に爆発音が轟《とどろ》き、摂津国大坂まで灰が降った。

「安永八年の大噴火のことはわれら江戸藩邸で聞いたが、どれほどのものか想像もつかなかった。だが、江戸藩邸に次々にもたらされる知らせに、ただただ城下の無事を案じるしかなかった。参勤下番で鹿児島に戻ったわれらの前に、桜島は未だ轟々《ごうごう》と噴煙を上げておってな、城下の至るところに被害が残っておった。大噴火の威力と、もたらされた被害に言葉を失い、仰天した覚えがある」

「殿様、あの安永の大噴火では死者が百五十余人を数えましてな、怪我人は数えきれないものでした」

重兼と壱蔵が生々しくその模様を語った。

その日、一行は桜島の東側から島を西廻りにほぼ一周して、島の西側にある袴《はかま》腰湊《ごしみなと》から対岸の鹿児島城下へと舳先の向きを変えた。

七つ（午後四時）過ぎのことだ。

若者は初めて西国の雄藩島津家七十二万石の城下を船上から見た。

この鹿児島の地に鎌倉時代以来、南九州を統治していた島津氏が進出してきたのは南北朝時代であった。

南朝方の肝付氏《きもつきうじ》の居城東福寺城《とうふくじじょう》を攻略し、清水城《しみずじょう》、そして鶴丸城と、南下するにつれて城下町を拡張していった。

若者や眉月が目にする鹿児島城下は五万八千人を擁《よう》する西国の「都」になっていた。

「十八代島津家久様が鶴丸城の基を定められたのじゃ。眉、名無しどん、城というが、海からでは石垣も天守閣も見えまい。海に近いこの地に、家久様は居館を設けられて鶴丸城と呼ばれた。防備し難い居館を城というには、わが麓館のような出城が百以上もあることと、『人をもって城となす』という薩摩の国是に基づいてのこと。とはいえ、城下に入れば分かるが、鶴丸城の背後には城山があり、周りには城下士の屋敷が並んで、二重三重に城を守っておるのじゃ」

と重兼が若い二人に説明した。

「それとな、鹿児島城下は、『町は三分、武家は七分』と言われるほどの城下士の町だ。『人をもって城となす』というのは譬《たと》えではない、士分によって守られた町が鹿児島なのじゃ」

重兼の言葉は続いた。だが、重兼は、鹿児島城下の整備とは別に藩財政は逼迫《ひっぱく》し、藩債が百万両を超えていることを若い二人には告げなかった。

当代の齊宣は薩摩の古風を取り戻し、緊縮藩政で財政の再建を考えていた。そのために旧態依然とした重臣らよりも、中士・下士から優秀な者を登用しようとした。

この改革、「近思録派の活動」は、先代島津重豪の考えと対立するものであった。

重兼は、若者の薩摩入りを執拗に狙う者たちの行動の背後には、重豪と齊宣の対立が関わっていると考えていた。

こたびの鹿児島入りもそれを見定めることが目的の一つだった。

若者もまた考えに耽《ふけ》っていた。

この旅で、薩摩藩島津家の領地の広さと地形の複雑さ、考え方の違いにただ驚きをもって感じ入った。

江戸では考えもつかない薩摩国の広さと国柄だった。

「高すっぽさん、私たちが出会って一年ね」

と鹿児島城下を前にした船上で眉月が不意に言った。

若者はその言葉に、

はっ

としてこの一年を思い起こした。

（一年が過ぎたか）

未だ東郷重位が創始した示現流に接していなかった。

眼前に望む薩摩城下に薩摩藩の御家流儀示現流が伝えられていたが、おそらく見ることも叶うまい、そんな諦《あきら》めの気持ちも生じていた。

一方で、野太刀流の薬丸新蔵との出会いは大きな収穫であった。

若者は、新蔵とは今後も剣術家として互いに競い合って生きていくであろうと感じていた。

その新蔵と城下で再会できるのであろうか。

「高すっぽさん、なにを考えているか当ててみましょうか」

眉月が顔を寄せて言った。

(当ててみよ)

という表情で若者は、眉月を見た。

この一年、若者にとって眉月がどれほど大きく胸の中を占めているか、若者は己自身の気持ちが不思議でならなかった。

(武者修行に挑んでいるのではないのか)

と時折り己を叱《しか》った。

むろん武者修行を忘れたことは一時たりともなかった。同時に眉月のことを想うと、胸の中で別の感情が迸《ほとばし》った。

「高すっぽさんは、薬丸新蔵さんのことを考えているのよね」

若者が笑みを見せた。

「眉のことは考えてないの」

眉月が若者に質した。

船上の皆が眉月の言葉に耳を傾けていた。

若者はこの眉月の大胆さと素直さに魅惑されていた。

眉月は自らの気持ちに正直だった。感情を隠すことなく正直な気持ちを若者に伝えた。

秋乃はそのような眉月に、

「眉姫様、胸のうちを女子から口にしてはなりませぬ」

と注意したが、眉月は、

「秋乃、気持ちに正直に生きることがどうしていけないことなの」

と意に介する様子はまったくなかった。

そんな孫の眉月を、渋谷重兼は黙って眺めていた。

両親と離れて祖父の帰国に独り従ってきた眉月だった。その理由が自分の体に流れる高麗人の血を薩摩で確かめるためと知ったとき、

「たしかに眉には異人の血が流れておるわ」

と重兼は得心したものだ。

江戸藩邸で生まれ育った娘が、そのような考えを抱くこと自体が珍しかった。

重兼は、「薩摩を知りたい」と言って祖父に従ってきた孫の眉月がどのように育つのか、畏《おそ》れつつも楽しみにしていた。

そんな最中に口が利けない若者と出会ったのだ。

重兼は、若者の出自をおぼろに推量していた。

この若者とならば、眉月は話が合うとも思った。だが、若者は武者修行を始めたばかり、薩摩から出ていく運命《さだめ》を有していた。

船がどんどん鹿児島城下の船着場に近付いていった。

「高すっぽさん、薩摩でなにが見たいの。やはり示現流なの」

眉月の問いに若者は、

(分からぬ)

というふうに首を振った。

「爺様に任せておくのよ。それでだめなら諦めるのね。あなたには薬丸新蔵という相手がいるわ」

ああ、というふうに若者が頷いた。

船着場に宍野六之丞の姿があった。

加治木から使いを立て、船で港に着くことを知らせてあったのだ。

「眉姫様、桜島はどうでございましたな」

六之丞が叫んで質した。

「麓館で想像していた以上のものだったわ。城下を見物するのが楽しみよ」

「この六之丞がご案内仕《つかまつ》ります」

「有難う」

国分屋の船が船着場に接舷《せつげん》した。

渋谷重兼は見送り役の壱蔵や船頭に、

「世話になったな。主どのによしなに伝えてくれ」

と挨拶し、船着場に上がった。

国分屋の船は鹿児島に泊まることなく加治木へと戻っていった。

安永二年（一七七三）、島津重豪は、二の丸前に藩校の造士館《ぞうしかん》と武芸の稽古場、演武館《えんぶかん》を創設し、藩士に文武の修養を奨励することにした。

麓館の渋谷重兼の鹿児島城下の屋敷は、演武館から一丁半ほど北に寄った堀端にあった。

一行が鹿児島の屋敷に到着したのは、あと二日で大晦日という夕暮れであった。重兼が重豪の御側御用を務めていた折りは、二年に一度はこの館に逗留していたという。

館には横目の伊集院幸忠と薩摩本藩の大目付浜崎善兵衛が一行の到着を待ち受けていた。

重兼は、浜崎善兵衛と書院に籠って何ごとか話し込んでいた。

若者には、長屋の一室が用意されていた。潮風に一日じゅう吹かれていたせいで、体じゅうがべたついていた。

屋敷のどこからともなくタテギを打つ音が響いてきた。

若者は音を頼りに稽古場に向かうと、なんと薬丸新蔵が独りタテギ相手に続け打ちをなしていた。

「おお、来やったか」

と若者を迎えた。

新蔵もまた野太刀流薬丸道場での若者との対戦以来、若者の前で己を飾ることを捨てていた。それが薩摩言葉に表れていた。

「どげんな、一汗かきもはんな」

と稽古を勧めた。

若者に異存はない。すぐに裸足になると、柞の木刀を握った。

「おはん、白木軍兵衛は偽名じゃっどが」

新蔵が不意に若者に言った。

大方、六之丞あたりが口を滑らせたのであろう。だが新蔵にとっても若者にとってもどうでもよいことであった。

若者は偽名であることを肯定して頷いた。

「未だ名無しどんじゃいね。よかよか、『抜き』をすっか」

二人は長棒ではなくお互いに好みの長さの木刀を手に向かい合った。

もはや互いの技量も力も承知していた。

全力をさらけ出してもなんの心配もなかった。

剣術を極めるという一点で、互いに信頼しきっていた。

「待っくいや」

新蔵が薄暗い道場の隅にあった松明《たいまつ》に火を灯《とも》した。

「こいでよか」

半月ぶりに若者と新蔵は立ち合った。互いが阿吽の呼吸で攻守を変えつつ、技を繰り出しあった。どちらも一歩も引けをとらぬ立ち合いであった。

半刻も過ぎたか、六之丞が姿を見せて、やはりこの二人か、という顔をした。

二人は木刀を互いに引いた。

稽古で汗をかき、潮風にべたついていた体がさっぱりとして気持ちよかった。

「軍兵衛どん、湯じゃ」

と六之丞が若者に言った。

「おいはだめな」

と新蔵が尋ねた。

「おはんがおっことは内緒じゃっで」

「殿様に言《ゆ》たか」

新蔵の言葉に六之丞が頷いた。

にやり、と笑った新蔵が、

「薬丸の家にもおられんごとないもした」

と若者に言った。

若者は加治木での新蔵の言動から、薬丸家と示現流の間に諍いがあることを察していた。どうやら加治木から鹿児島に戻ってみたが、諍いが続いているのか、菱刈郡麓館の鹿児島屋敷に逃げ場を求めてきたようだ、と若者は推量した。

「まあ、正月の具足開《ぐそくびら》きまで身を隠しちょれと殿様が申された」

と六之丞が言い、

「よかあんべど」

と新蔵が応じて、

「正月が明けたら、おいは江戸に行っが」

と若者に秘密を洩らした。

「軍兵衛どん、新蔵どんと湯に入らんか」

六之丞が若者に言った。

「白木軍兵衛は偽名じゃっどが」

新蔵が六之丞に言った。

「新蔵どん、どげんして知いやった」

「どげんもこげんもなか。おはんが酔くろうてぬかしたど」

「ありゃ」

六之丞が悲鳴を上げた。

若者はただ笑っているだけだった。

この夜、薬丸新蔵は、若者の長屋で床を並べて寝た。

寝る前に若者は、矢立から筆を出し、

「なぜ江戸に行くのだ」

と認《したた》めて新蔵に訊いた。

「鹿児島でうだうだしていてもどもならん。江戸で武名を挙げる」

と応えた新蔵が、

「名無しどんは江戸を承知じゃな」

と尋ねた。

若者は頷いた。

「江戸一番の武芸者はだいな」

若者は首を傾げて考えた。

(どうしたものか)

再び筆を動かした。

「新蔵どのが鹿児島を出る折りに文を渡す、それでよいか」

と新蔵が言うと布団に潜り込み、しばらくするとまた顔を出して、

「名無しどん、おはん、名のある武芸者たいね」

と尋ねた。

若者は頭《かぶり》を振って否定すると、最前認めた紙片を摑んで再び新蔵に見せた。

「よか、鹿児島はもうよか」

そう己に得心させるように言い聞かせた新蔵が、布団に顔を潜り込ませた。

若者は行灯の灯りを消すと床に入った。

その宵、眉月と会う機会はなかった。

六之丞や新蔵と一緒に台所で夕餉を食したからだ。

その折りの会話を若者は思い出していた。

正月明けの具足開きには、演武館に薩摩藩士、外城衆中が集まって腕を競い合うという。

渋谷重兼は、なんとかして演武館での具足開きの武芸披露を若者に見物させたいと考えていることが六之丞の話で分かった。

そのとき、新蔵が、

「おお、よか」

「おいの鹿児島での最後の立ち合いたいね」

と言うのへ、六之丞が尋ねた。

「新蔵どん、養父《おやっ》どんの許しは得られるな」

「なんとかなろうたい」

と二人で交わす会話を思い出し、若者は新蔵にとっても大事な具足開きになるのだと思いながら眠りに就いた。

四

寛政九年（一七九七）が明けた。

坂崎磐音は、未明八つ半（午前三時）、神保小路の屋敷を独り出ると、忍《しのぶ》ヶ岡《おか》寒松院《かんしょういん》の佐々木家隠し墓に参った。この場所は養父《ちち》であり、尚武館の先代道場主である佐々木玲圓から引き継いだ秘密の場所だった。

東叡山寛永寺《とうえいざんかんえいじ》境内《けいだい》は年越しを迎え、除夜の鐘も撞《つ》き終わり、新玉《あらたま》の朝を迎えるべくだれもが眠りに就いていた。

磐音は、佐々木家の隠し墓の前に座し、瞑想した。

胸の中には、

(己の代で役目が終わる)

という考えだけがあった。

しかし、だれにもなにも問いかけなかった。だれからも言霊《ことだま》は伝わってこなかった。

磐音はただ正座して時を過ごした。

半刻後、磐音は静かに立ち上がった。


鹿児島城下の基となった清水城は、天文《てんぶん》十九年(一五五〇)に廃城になり、その跡地に真言宗《しんごんしゅう》の大乗院《だいじょういん》が置かれた。

この寺、島津家の菩提寺福昌寺《ふくしょうじ》に次ぐ八百七十五石の寺領を誇り、末寺は琉球にまで及んでいた。この大乗院の前には稲荷川《いなりがわ》が流れており、寺の参道沿いに坊《ぼ》中馬場《じゅんばば》が延びていた。

清水城があった界隈には稲荷・若宮《わかみや》・春日《かすが》・祇園《ぎおん》(八坂《やさか》)、そして諏訪《すわ》(南方《みなみかた》)神社があり、

「上町五社《かんまちごしゃ》」

と呼ばれ、鹿児島の城下士は正月に、
「五社参《ごしやめい》」
を行うのが仕来りだった。
大乗院から東に行くと、稲荷神社があった。
正月、渋谷重兼は眉月や若者を引き連れて、稲荷神社をはじめとして五社参を行った。
鹿児島では神社に詣《もう》でる際、参道の真ん中を、
「正中《せいちゅう》」
と呼んで空けた。
神様の通り道と信じられていたからだ。
重兼は若い眉月や若者にそのことを説明し、端を歩いて稲荷神社の拝殿へと進んだ。
一所持の渋谷重兼に、武家方から新年の賀を述べる声が次々にかかった。
重兼も御慶《ぎよけい》の言葉を返しながら進んだ。
稲荷神社から大乗院に向かって長い馬場があった。
武家方三人と話す重兼を待った若者が馬場を見ていると、ようやく知り合いか

ら解放された重兼が、

「名無しどん、ここは流鏑馬《やぶさめ》のための馬場じゃ。毎年十一月三日にのう、綾笠《あやがさ》、素襖《すおう》、射籠手《いごて》をまとった射手が三本の矢を放つ光景は見ものじゃぞ。そなた、馬は乗りこなすか」

と若者に訊いた。

若者は頭《かぶり》を振った。

「おはんのような高すっぽでは、馬が困ろうでな」

と得心したように笑った。

眉月も若者も晴れ着を着ていた。若者の晴れ着は、眉月が秋乃と相談して呉服屋に命じて徹宵《てっしょう》して調えさせたものだ。

六尺を超える長身は十八歳になってしっかりとした骨格になり、もはや川内川に浮かんでいた頃の面影はない。

堂々たる若武者ぶりだ。

白い肌の眉月と並んで立つ姿は人目を惹《ひ》いた。だが、若者も眉月も泰然としたものだ。

「さて御参りしようか」

一行は参道の左寄りを歩いて、大勢の五社参の衆と一緒に本殿で拝礼をなした。五社のうち一番北に位置するのが稲荷神社だ。続いて人の流れに従い、稲荷橋で稲荷川を渡り、諏訪神社に向かった。

諏訪神社は島津氏の祖忠久《ただひさ》が薩摩、大隅、日向三国の守護職に任じられる前、信濃《しなの》国塩田《しおだ》荘の地頭職を務めていた縁で、鹿児島の地に勧請《かんじょう》されたものだ。こちらも五社参の人出が多かった。

ふと、一行に関心を示す、

「監視の眼」

を感じた。だが、周りに人が多くてどこに「眼」が隠れているのか、若者にも察しがつかなかった。

若者のかたわらには常に眉月がいた。

武者修行に出て三年目を迎え、そろそろ薩摩にケリをつける時が来たことを若者は悟っていた。

東郷示現流は未だ見ていなかった。だが、示現流を知る薬丸新蔵との出会いと稽古は、若者に大きな収穫をもたらしていた。

若者と新蔵は本気を出して稽古をしてきたが、お互いに勝負の決着がつく手前でどちらかが木刀を引いていた。

若者にとって武者修行は、

「勝ち負け」

ではなかった。

己の技や力の足りぬ部分を知り、補うのが修行だと考えていた。

新蔵もまた若者を負かそうとは考えていなかった。

二人は好敵手として競い合うことで満足していた。

薬丸新蔵を通して「東郷示現流」を少しでも感じ取ったとしたら、もはや薩摩に居続ける要はない。次なる修行の地を目指すべきかもしれないと、若者は考え始めていた。だが、それは眉月との別れを意味した。

武者修行の薩摩の地で、眉月と出会うなど若者には予想外のことだった。

(父上ならばどう決断されたであろうか)

と考えてみた。

(己と父上は違う)

と若者は自らの考えを打ち消そうとした。

「高すっぽさん、なにを考えているの」

眉月が若者を見上げた。

若者の顔に戸惑いがあった。

「分かったわ」

と眉月が言い、顔を若者の顔に寄せると、

「薩摩をいつ出ていくべきか、と考えているのよね」

若者は眉月の指摘に黙って頷いた。

「もはや薩摩の剣術を十分に見たの」

いや、と頭を振って否定した。だが、新蔵のいない薩摩にいる理由があるのだろうか、と若者は考えていた。

「いつの日か、名も知らない高すっぽさんは出ていかねばならないのよね。眉は分かっていたわ」

若者は答える術《すべ》を知らなかった。

「爺様は、高すっぽさんに具足開きを見せに来たの。その手配はできたそうよ」

眉月が囁いた。

一行は諏訪神社の鳥居の前に到着していた。

御参りした一行は、若宮神社、春日神社と回った。

その間、眉月は無言だった。

大勢の人込みの中で若者は眉月の手の温もりを感じながら歩いていた。

五社参の最後に稲荷川北岸の祇園神社に詣でた。

この鳥居の前で重兼は、すでに正月の酒に酔った城下士に会った。

「御側御用人、鹿児島《かごつま》におられもしたか」

「息災でなによりでございもす」

三人の武家と立ち話が始まった。

鹿児島の正月の仕来り、久闊《きゅうかつ》を叙《じょ》する挨拶だ。

眉月がその場を離れるように若者の手を引いた。

「高すっぽさん、いつ薩摩を出るの」

と眉月が質した。

若者は矢立から筆を出し、懐紙に認めた。

「眉姫様のお供で川内川の河口、京泊を訪ねたい」

とあった。

「覚えていたの」

若者が大きく頷いた。そして、さらに筆を動かした。

「重兼様御一行と麓館に戻ります」

「一緒に麓館に戻ってくれるのね」

眉月の喜びの声に首肯した若者が、

「そなたに黙って出ていくことはせぬ」

と認めて約定《やくじょう》した。

五社参のあと、島津家の菩提寺玉龍山《ぎょくりゅうざん》福昌寺に一行は御参りした。

福昌寺は、応永《おうえい》元年（一三九四）、島津氏七代目島津元久《もとひさ》が創建した曹洞宗《そうとうしゅう》の寺院だ。寺高は薩摩藩領でいちばん高い千三百六十一石だ。広大な敷地の中にある墓地で、各代の藩主の墓参りを済ませた。

若者は、人の少ない墓地の中に殺気を感じ取った。

「うむ」

渋谷重兼が殺気に気付いたか、小さな声を洩らして若者を見た。

若者は重兼に承知しているというように頷き返した。

しばし間を置いた重兼が呼びかけた。

「なんぞ渋谷重兼に用か。用あらば姿を見せよ」

その問いかけに眉月が驚いた。同行していた宍野六之丞もすでに刀の柄に手を添えていた。

墓地の背後から人影が静かに姿を見せた。

一人だ。

薩摩の城下士とも外城衆中とも雰囲気が違った。

旅の武芸者だ。

「他国者じゃな」

重兼が質した。

「いかにもさよう」

「薩摩は他国者の入国には厳しいはずじゃが」

髭面《ひげづら》の武芸者の顔に笑みが浮かんだ。

「そこもとが連れておる若者も他国者じゃそうな」

「だれに聞いたか知らぬが、却《かえ》ってそなたの雇い主が察せられたわ。金で頼まれたか」

「いささか路銀に事欠いた折り、肥後熊本城下の町道場にて金子《きんす》を賭けての勝負をいたした。その勝負を見ていた者がおってな、薩摩に来るよう願われた」

「いつのことか」

「二月《ふたつき》前かのう、肥後領内から船で薩摩領に入り申した」

「して、用件はいかに」

渋谷重兼が三十五、六の武芸者に問うた。

「先代藩主重豪様の御側御用渋谷重兼様のお命頂戴《ちょうだい》いたす」

「ほう、わしの命な」

と応じた重兼が、

「わしは隠居じゃ、格別惜しい命でもないが、訝しい話よのう」

と言い添えた。

「そなた、なかなかの腕前と見た。わしが相手では物足りまい。若い衆を代役に立てるがよいか」

「ご丁寧なる返答痛み入る。同道の者が立ち合うことは聞いておる。何人《なんぴと》でも構わぬ」

と相手が言い切った。

「そなた、ここがどなたの御墓所《おんぼしょ》か知るまいな」

「死んだ者に用はないでな」

「薩摩藩島津家の歴代藩主の御墓所ぞ」

「ほう、それは、それは」

武芸者は初めて軽い驚きの表情を見せた。

「勝ち負けにかかわらず、正月元日にこの地で血を流したとあらば、どうなるか。そのほう、最初から命を買われたのだ」

「なんとのう、そのような覚悟はしておった」

「潔《いさぎよ》い心構え、姓名を聞いておこうか」

「信抜《しんぬき》流居合王府五郎丸《おうふごろうまる》」

相手の名乗りに重兼が、

「名無しどん、わしの代わりに立ち合《お》うてくれぬか」

と命じた。

若者が頷き、眉月が若者の手を握りしめた。

若者は静かに眉月の手を握り返して離した。

若者は、雇われ剣客との勝負をいずこからか見つめる「眼」を意識した。

「王府どのに申しておこう。わが代役は、口が利けんでな、そのうえ、いささか事情があって、自分の出自も忘れおった。ゆえに名無しじゃ。そなたを軽んずるわけでは決してない」

「驚き申した。口を利けぬ者が薩摩に武者修行にござるか」

「そなたを雇うた主どのならば、その事情を承知であろう。のう、陰の御仁」

と周りに向かって重兼が質した。

だが、返答はない。

若者は、王府五郎丸に会釈すると間合いを詰めた。

王府も構えをとった。

信抜流の祖は奥山左衛門大夫忠信《おくやまさえもんだゆうただのぶ》で、剣聖の上泉伊勢守秀綱《かみいずみいせのかみひでつな》の門人であった人物だ。居合は古刀法七本、新刀法十本の十七本だが、すべて八双《はっそう》で斬り下げるのが習わしであった。

だが、若者は、信抜流がなにか、どのような技を使うのか、まったく知らなかった。

両者は間合い一間で対峙した。

若者は、なんと「抜き」の構えで応じた。

それを見た王府五郎丸は、刀を抜き、八双にとった。

渋谷重兼は、いつ若者が「抜き」を会得したのか、訝しく感じたが、この若者ならば不思議はないとも思った。構えを見たとき、稽古量が並みでないことを察していた。

前屈みに姿勢をとった若者は、腰に差した薩摩拵えの大和守波平を下刃に変えなかった。

六之丞が、

(下刃にせよ)

と胸の中で祈るように呟いた。

その瞬間、踏み込みざまに王府五郎丸の八双からの斬り下ろしが若者を襲った。

だが、若者は間をとった。

(遅い)

と重兼も胸中で叫んでいた。

その直後、若者の手が波平の長い柄を逆手に摑んで抜き上げた。

一瞬光に変じた刃は峰を上に王府五郎丸の胴へと伸びあがり、
ばしり
と音が響くと同時に、王府五郎丸のがっしりとした体を横手に飛ばしていた。

なんと、わざわざ後《ご》の先《せん》を選んで、若者は勝ちを得ていた。

宍野六之丞の背筋に悪寒が走った。

（いつの間に『抜き』を会得したのか）

そのうえ若者が藩主の墓所を血で汚さぬよう上刃のままに抜き打って、峰で仕留めた早業に重兼は言葉を失った。

しばし福昌寺の藩主御墓所に沈黙が漂った。

人の気配が消えようとした。

「待て、御春屋《おつきや》の衆。そなたの勝手気まま、当代の齊宣様もご隠居栄翁様もお認めにはなるまい」

険しい叱咤《しった》の声が響き渡った。

どこかで舌打ちがした。そして、気配が消えた。

若者はすでに刃を鞘に納めていた。

意識を失った王府五郎丸は御墓所に転がったままだ。

「殿、どういたしましょうか」

「そのうち、正気に戻ろう」

六之丞の問いに重兼が応じて、

「王府五郎丸どのに運あらば、薩摩から抜け出ることができような。じゃが、雇い主が雇い主じゃ」

と謎めいた言葉を吐いた。

「爺様、あのお方を雇った者を承知でございますか」

眉月が訊いた。

御春屋は元来、他藩の使者などを迎え、接待する役目だ。

「およそは分かっておる」

と答えた重兼が、

「名無しどんを国境で執拗に追い回した外城衆徒も、いつの間にか御春屋衆の支配下に組み込まれていたのじゃ」

と言い添えた。

若者は、

(未だ外城衆徒との戦いは終わっておらぬ)

ことを改めて知らされた。

「眉、正月じゃ、旧知の料理茶屋で正月料理を食していこうか」

重兼が孫娘に誘いかけた。

第四章　具足開き

一

先代藩主島津重豪は、徳川幕府の昌平黌《しょうへいこう》を模して、文《ぶん》の殿堂の造士館を、さらには武術鍛錬の場として演武館を安永二年（一七七三）に設立した。

演武館は鶴丸城二の丸前で五千坪を確保し、馬術、剣術、弓術、射撃などの訓練が行われた。

薩摩藩の武芸は示現流、心影《しんかげ》流、太刀流、飛太刀《ひたち》流、水野流、天真流、外山《とやま》流ら二十二家が競い合っていた。さすがは武の国薩摩である。

その二十二家の中でも別格は、東郷一族が率いる御家流儀示現流であった。

正月十一日、具足開きの日、演武館剣術場に城下士、外城衆中から選ばれた腕自慢が雲集《うんしゅう》して稽古を繰り広げた。

この朝、若者は渋谷重兼に伴われて演武館剣術場の見物席に通った。

重兼は若者を見物席に残して姿を消した。

広い剣道場で各派の剣術家たちが稽古始めに打ち込んでいた。

どれほど時が過ぎたか。

剣道場にぴーんと張りつめた緊張が漂った。

藩主島津齊宣が見所に姿を見せたのだ。

齊宣自身は、

「文の人」

であり、中士、下士層の有為な人材「近思録派」を組織し、藩財政の立て直しに努めていた。

この齊宣の倹約を旨とする財政再建策は、隠居した栄翁こと重豪の考えと真っ向から対立していた。

先の話になるが、重豪と齊宣の考えの違いは、文化《ぶんか》五年（一八〇八）重豪の復権による、

「近思録崩れ」

の悲劇を生むことになる。

「近思録派」が台頭する中で開かれた寛政九年の「具足開き」であった。

藩主が姿を見せたことで、稽古していた藩士らが道場の壁際にいったん下がった。

渋谷重兼の小姓として見物席にいた若者は、島津齊宣のかたわらに渋谷重兼が控えているのを目にした。

重豪の御側御用を長年務めてきた渋谷重兼は、重豪と齊宣の藩政改革に対する考えの違いに心を痛め、なんとか島津氏二十五代と二十六代の父子の間を取り結ぼうとしていたのだ。

そんな最中、御春屋衆《おつきやしゅう》が外城衆徒などを支配下に取り込み、藩内の陰の勢力に育ったことを重兼は把握した。

重兼は、先代藩主の御側御用を務めてきただけに、未だ家中に人脈があり、風説風聞の類も含めて話が集まってきた。

薩摩に戻って以来、本藩大目付浜崎善兵衛と連携している重兼は、御春屋衆有《あり》村勘左衛門《むらかんざえもん》が国境を守る外城衆徒を極秘裏に支配下に置いていることを突き止めた。

その中で分かったことがあった。

一年半前、寛政七年夏に、若者の父が島津齊宣に書状を送り、剣術修行のための薩摩入りを懇請していたというのだ。

だが、その書状の中身を齊宣より先に知った御春屋衆有村勘左衛門が、なぜか独断で、若者の薩摩入りの断固阻止を外城衆徒に命じていた。このため齊宣が関前から出された若者に関する書状に接して動いたとき、すでに事は起こっていた。

有村は、重豪と齊宣父子の対立の間で上手く立ち回り、己の力の増大を図ってきた。

この有村が活動するうえで使える資金源は、琉球在番の嫡子《ちゃくし》有村太郎次《たろうじ》が役職を超えて行う抜け荷の利であった。

渋谷重兼は、こたびの鹿児島入りになんとしても齊宣を説《と》き伏せて、御春屋衆の役職を超えた活動を潰そうと考えていた。それは薩摩の近隣藩、肥後熊本藩、人吉藩、日向の飫肥《おび》藩、佐土原《さどわら》藩の要望でもあった。

御春屋衆は他藩の使者らの接待役、役座としては御勝手方支配の一つでしかない。

だが、有村勘左衛門は、あらゆる機会を通じて栄翁と齊宣の間にひびを生じさせる画策をしていた。

この一連の騒ぎの発端は一通の書状だった。

武者修行の若者の薩摩入りの願い状が、その父から齊宣に宛てられていた。

だが、薩摩の国境を越える飛脚を外城衆徒が騙《だま》してその書状を得たのだ。

有村勘左衛門は、この書状を栄翁と齊宣の反目拡大に利用できないかと考えた。

書状をしばらく手許に置き、外城衆徒に国境を越えようとする若者をまず始末するよう命じた。

有村は他国者の武者修行者を殺すことで、外城衆徒の力を当代藩主齊宣に知らしめようと考えていた。齊宣が藩政改革に絡んで、国境を開放することを考えていると聞かされていたからだ。となれば外城衆徒は無用になる。なんとしても外城衆徒の、

「力」

を保持することが己のためになることだった。

だが、若い武者修行者は一筋縄ではいかなかった。

外城衆徒を翻弄し、容易《たやす》く始末などできなかった。矢立峠で一夜をともにした三人の親子に知恵を付けられたか、国境を越えると見せかけて肥後や日向に引き

返し、外城衆徒に付け入らせなかった。

結局、たった一人の若武者を「始末」したのは、半年後のことだった。その時点で有村勘左衛門は、書状を入手したことを巧妙に隠し、武者修行者の父親からの書状を飛脚から齊宣に届けさせた。その上で、

「国境を無法に越えようとした他国者を始末」

したことを告げた。

だが、その数月後、驚愕《きょうがく》の事実を有村勘左衛門は知らされることになった。「始末」したはずの若武者は生きていて、しかも薩摩藩の実力者にして麓館の主の渋谷重兼のもとで庇護されていた。重兼は、先代藩主栄翁と当代藩主齊宣のどちらからも厚い信頼を得ていた。有村にとって一番厄介な人物だった。

若者の生存はわが身と外城衆徒の滅亡を意味することだと、有村は愕然《がくぜん》とした。

なにがなんでも若者と渋谷重兼を改めて始末する覚悟を決め、外城衆徒の他に流浪《るろう》の武芸者を雇った。だが、企《くわだ》ては悉《ことごと》く失敗していた。

この時点においても若者も重兼も健在だった。

(どうすれば若者と渋谷重兼を始末できるか)

そして、

（外城衆徒を存続させ、薩摩国境を支配する権益を保持できるか）

有村の頭を悩ませていた。

御春屋衆の頭目有村勘左衛門は、この日、具足開きの剣道場にいた。そして、見所を見て驚いた。なんと齊宣の近くに重兼が控えているではないか。

（一所持『麓館』の渋谷重兼をなんとしても破滅させる策を早急《さっきゅう》に企てる要がある）

と考えつつ、にこやかに話す齊宣と重兼を見ていた。

具足開きの模範演技が始まった。

剣術各派の師範らが演技を披露していく。

「具足開き」は武士の正月だ。

めでたい席ゆえに、力を競い合う立ち合いではなく、あくまで師範の模範演技が披露されていった。

若者はそんな各派の師範の中に野太刀流薬丸新蔵が待機している姿を見ていた。

しかし、野太刀流の模範演技が披露される機会はなかった。

同時に東郷示現流もまた模範演技に加わることはなかった。

しかしながら野太刀流と示現流が「具足開き」にて披露されない理由には、天地ほどの違いがあった。

示現流は薩摩藩の御家流儀の栄誉を持ち、その「技と力」は門外不出として認められていた。ゆえにめでたい具足開きにも示現流が披露されることはない。

一方、野太刀流は、二十二家の上位に認められなかった。ただそれだけの理由だった。

若者は薬丸新蔵の気持ちを推《お》し量《はか》っていた。

示現流は新蔵の、

「力と才」

を認めて自流に取り込むことを企てていた。

野太刀流が示現流の傘下に入る利を新蔵に説いていた。だが、新蔵は野太刀流を薩摩剣法の中で自立した剣術一派にしたいと願っていた。

一方、病に倒れた養父薬丸正右衛門兼富は、示現流本家の弟子にはならず、薬丸家伝来の兵法野太刀流を父兼中《かねなか》より伝えられた。だが、今や一派を起こす気力を失っていた。

兼富の養子新蔵は薩摩で、

「一派」

が立てられぬときには、江戸にてその技量と力を認めさせ、

「薩摩に野太刀流あり」

と武名を高める決意をしていた。

若者は、新蔵から稽古の合間にその気持ちを聞いて承知していた。そんな薬丸新蔵が具足開きで、無視されたまま終わるはずもないと考えていた。

その瞬間は唐突にやってきた。

薬丸新蔵が木刀を二本携《たずさ》え立ち上がると、許しを乞うように藩主島津齊宣に丁重に一礼して、見所近くの上座に居並ぶ東郷示現流の一統の前に立った。

「東郷示現流のご一統に申し上ぐる。野太刀流に一手ご指導くだされたくお願い奉《たてまつ》り候《そうろう》」

朗々とした声音だった。

その声を聞いて、一堂が森閑《しんかん》とした。

「無礼者が！」

示現流の筆頭師範の酒匂兵衛入道《さこうひょうえにゅうどう》が突然怒鳴り声を上げた。

新蔵は平然として酒匂の怒声を受け流した。

「具足開きは武士にとって晴れの日でござろう。ご指導を願うてなんの無礼がござろうか」

見所で齊宣がかたわらの重兼を呼び寄せ、

「何者か」

と尋ねた。

「殿、野太刀流の暴れん坊薬丸新蔵にございます」

「おお、薬丸小路に昼夜タテギ打ちの音が絶えたことなし、との風聞の主か」

「いかにもさようにございます」

「東郷示現流に嚙みつきおって、ただでは済むまいのう」

「示現流の肚《はら》の見せどころかと存じます」

渋谷重兼が藩主に応えた。

「おはん、薬丸兼富どんの養子か」

酒匂が新蔵に質した。

「いかにも薬丸新蔵にございもす」

「新蔵、示現流は他流の者に易々と指導などせぬ。こん道場の中におはんに相応《ふさわ》しか相手を見つけて願え」

酒匂入道が語調を和らげて新蔵に言った。

「ほう、示現流は、門外不出を理由に具足開きの稽古を断られるか。あるいは新蔵との立ち合いが怖うござるか」

「ないばぬかすか」

といきり立つ示現流一門を酒匂入道が抑えた。

藩主の前での野太刀流と示現流の立ち合いは実現せずに終わろうとしていた。

だが新蔵は、
くるり
と示現流の面々に背を向けて、

「おい相応の相手を見しくい」

と言い放つと、広い剣道場を斜めに突っ切り、見物する若者の目の前に立った。

「名無しどん、おいの相手を頼《た》のん」

新蔵の頼みは単刀直入だった。

若者は即座に受けた。

この具足開きの日、薬丸新蔵は薩摩での剣術家としての生き方をかけて、示現流に指導を願ったのだ。だが、薩摩じゅうの城下士、外城衆中の陪臣が見守る中であっさりと断られた。

新蔵が藩主島津齊宣以下、薩摩武士の面々に、

「己の剣技」

を披露する最後の機会だった。

若者は、たとえ己の出自が鹿児島で知れることになろうとも、新蔵の意地を拒む理由はなかった。

首肯した若者が立ち上がった。

六尺を優に超える若武者だった。

「何者か」

若者が立ち上がった辺りで囁き合う声がした。

見所でも齊宣が重兼に視線を向けた。

「殿、失礼をば」

と許しを乞うた重兼が白扇を広げ、藩主に顔を寄せて、

「過日、お話し申し上げた他国者にございます」

と囁いた。

「あの者か、川内川を流れて薩摩入りしたという若武者は」

「はい」

齊宣はこの若者の父親からの書状を思い出していた。

「あの二人は互いを承知か」

「いささか曰《いわ》くがございまして、互いの腕前を承知しております。具足開きにしては珍しき趣向なれど、見ものにございます」

と重兼が言い切った。

「見てみようか。あの二人が命を存《なが》らえるかどうかの勝負じゃぞ、重兼」

「いかにもさよう」

新蔵が手にした柞《ゆす》の木刀を一本、若者に渡した。

「名無しどん、おいの置き土産《みやげ》じゃっど」

新蔵は若者に囁いた。

若者はすべてを呑み込んだというふうに頷いた。

二人は見所の島津齊宣に一礼し、向き合った。

しばしお互いを見つめ合った二人は、互いに右蜻蛉に木刀を立てた。

新蔵と若者、甲乙つけがたい蜻蛉の構えだ。

「ほう」

齊宣が思わず感嘆の声を洩らした。

「きえっ！」

肚の底からの新蔵の猿叫《えんきょう》に若者が無音ながら、

（おうっ）

と胸中で応じた。

次の瞬間、二人が同時に踏み込んで木刀を振り下ろした。柞の木刀と木刀が打ち合い、
カーン
と乾いた音が薩摩藩演武館の剣道場に響き、それをきっかけに木刀同士の長い打ち合いが始まった。

新蔵も若者も持てる力と技を間断なく出し合い、攻めに攻めた。

二人して攻めることが防御を意味した。

四半刻を過ぎたとき、齊宣が、

「あの者、いくつか」

と訊いた。

「十八にございます」

「新蔵は」

「慥《たし》か二十三かと」

二人の稽古量は半端ではない。それだけに好敵手を得て必死の攻防に余念がない。

時がどれほど流れたか、新蔵にも若者にもその感覚はなくなっていた。

すべてを出し尽くす、それだけを考えていた。

一刻半（三時間）が過ぎた。

だれもが息を呑んで勝負の行方を見守っていた。

両者が初めて間合いをとった。

そして蜻蛉の構えに戻した。

新蔵は左蜻蛉、若者は右蜻蛉だ。

どちらもこの一撃に賭けていた。

そのことが齊宣にも見物の衆にも伝わった。

「きえっ！」

二人は踏み込みながら腰を沈めた。

互いの木刀が振り下ろされた瞬間、鈍い音がして木刀が二本とも折れ飛んだ。

二人は折れた木刀を片手に歩み寄った。

「江戸に参る」

新蔵の囁き声がした。

若者が頷くと、新蔵は藩主に一礼し、剣道場を飛び出していった。

（また会う日があろう）

と若者は新蔵を見送りながら、

（新蔵どのに書状を渡す機会を逸した）

と残念に思った。と同時に、江戸に出た薬丸新蔵が最終的に辿り着く先がどこか、若者には分かっていた。江都《こうと》一《いち》と呼び声高い尚武館道場しかありえないだろうと。

独り残された若者は、見所に深々と一礼すると見物席に置いた刀を手に取り、新蔵とは反対側の出口に静かな歩みで向かった。

薩摩藩にとって異端の剣術家と歓迎されざる若武者が見せた野太刀流の打ち合いに、だれもが言葉を失《な》くしていた。

いちばん衝撃を受けたのは示現流の面々であったかもしれない。

薩摩の剣法の迅速と破壊力を、藩主の前で無名の若者二人が鮮やかに披露してみせたのだ。東郷示現流にとっても油断ならぬ圧倒的な存在感を見せつけられたのだ。

歯ぎしりした示現流の門弟衆は、二人が消えた道場を黙って見つめているほかなかった。

その日、独りだけ屋敷に戻ってきた若者を迎えた眉月が、

「どうしたの」

と上気した顔を見た。

若者は筆記具を要求すると、具足開きで起こった出来事を認めて眉月に教えた。

「新蔵さん、鹿児島を出たの」

若者が頷いた。

「高すっぽさんのことが鹿児島じゅうに知られたわね」

そのことがどのような影響と反応を呼ぶか、若者には察しがつかなかった。

「爺様が戻れば、分かることよ」

その夜、渋谷重兼は遅く屋敷に戻ってきた。微醺《びくん》を帯びた重兼が眉月に若者を呼びに行かせた。

「名無しどん、もはや殿もおはんのことを承知じゃ。これからはだれも手出しできまい」

重兼は言った。

だが、若者には信じられなかった。

外城衆徒を率いる御春屋衆の頭《かしら》有村勘左衛門にも、そして東郷示現流の面々にも恨みを抱かせる所業を重ねたのではないかと、考えていた。

「爺様、薬丸新蔵様はどうなりました」

「大目付浜崎善兵衛どのの調べでは、示現流から追っ手が出たそうだ。あん野郎《わろ》のことじゃ、逃げ失《う》せような」

ところにも楽観的な見方をした。

「眉、数日後に麓館に戻る。長いこと留守をしたでな」

「爺様、大口筋を辿られますか」

「いや、出水筋で川内川に出る。そなた、京泊に立ち寄りたいのであろうが」

「爺様、有難うございます」

と眉月が祖父に礼を述べた。

「名無しどん、最後の旅になるかのう」

と言って重兼が若者と眉月を見た。

二

一月中旬、渋谷重兼一行は、鹿児島城下を離れた。

江戸での五街道をはじめ、すべての街道の基点が日本橋にあるように、鹿児島藩のすべての筋の基点は、下札之辻《しもふだのつじ》だ。

下町札之辻とも呼ばれるこの地から出水筋で肥後熊本まで、五十三里十二丁五十間（約二百九・五キロ）であった。

島津家の参勤交代が発着する「御春屋」から西へ筋を進むと、甲突川《こうつきがわ》を西田橋《にしだばし》で渡る。さらに七、八丁進むと小さな社《やしろ》の日枝《ひえ》神社の前に出た。

一行は道中の無事を祈願して鳥居前で拝礼した。

この頃には朝の光で辺りの景色がよく見えるようになった。

御装束門屋敷辺りから緩やかな水上坂《みつかんざか》が始まった。

出水筋が最初に目指す宿場が伊集院《いじゅういん》だ。

黙々と鹿児島城下を抜けてきた一行の足の運びがゆっくりとなった。

ここ数日、渋谷重兼の姿を屋敷で見ることはなかった。

「爺様、鹿児島の御用は終わりましたか」

鹿児島城下を離れて旅路に就いた眉月が訊いた。

孫の問いに重兼が重々しく頷いた。しばし間を置いたあと、

「そなたらに言うておこうか。外城衆徒を不埒《ふらち》にも支配下に置いていた御春屋衆有村勘左衛門は、大目付浜崎善兵衛の手によって捕らえられ、殿の命にて切腹が言い渡された」

「爺様、もはや外城衆徒なる者たちは、高すっぽさんを襲うようなことはないのですね」

眉月の問いに対する重兼の返答には間があった。

「むろん外城衆徒には厳しい沙汰が下るはずであった。ところが浜崎らが見逃したことがあった。勘左衛門の嫡男で琉球在番の有村太郎次が鹿児島に戻っておった。大目付らが動く直前、太郎次は鹿児島城下から逃亡を図った。ただ今、領内の七筋を捕り方が探し廻っておる」

一行の中から横目の伊集院幸忠が城下に残ったのは、そのことがあったからだと、重兼が言った。

「殿、このところ勝手気ままに国境を支配してきた外城衆徒のもとへ、有村太郎次が走ったとは考えられませぬか」

　宍野六之丞が尋ねた。

「琉球在番で抜け荷の利を己の懐に入れていた勘左衛門、太郎次父子じゃ。発覚した折りのことを考え、その仕度をしていたであろう。国境の外城衆徒のもとへ逃げ込んだことは十分考えられる。こたびの騒ぎを機に薩摩藩では国境の警備を見直すと、齊宣様も仰せになっておる。殿は、琉球口での抜け荷の利が御春屋衆の頭有村勘左衛門に握られていたことに驚いておられた。殿の命で、各麓の外城衆中らが大目付浜崎善兵衛ら城下士に協力して、国境を厳しく探索し始めた。伊集院幸忠は浜崎に同行しておる。だが、薩摩藩の国境は深いでな、城下士や外城衆中の郷士らも手に余ろう」

　重兼が首を傾げた。

「殿、未だ外城衆徒の残党が何人残っておるのか、分からぬのでございますか」

「名無しどんとの戦いでだいぶ減じておるはずじゃ。じゃが、島津氏二十六代の間、国境の守りを任されてきた外城衆徒じゃ。境目番所《さかいめばんしょ》や辺路《へんろ》番所《ばんしょ》が設けられている国境は点にしかすぎぬ。残された長い国境にどれほどの外城衆徒が残っておるのか、浜崎らも予測がつかぬと言うておる。国境での長い戦いになろうな」

と重兼が言った。

境目番所とは、出水筋の野間関、大口筋の小川内、加久藤筋の求麻口《くまぐち》、高岡筋の去川《さるかわ》など九つの関所だ。辺路番所は、往来の少ない峠道の番屋で七十余もあった。

話を聞いていた若者は、外城衆徒一党は、有村勘左衛門という後ろ盾を失って手負いになり、嫡男の太郎次が引き継ぐことで却って危険な存在になったのではないかと危惧した。

鹿児島藩が総力を挙げたとしても、代々島津氏に黙認されてきた国境での裁量を取り上げられるかどうかは、そう容易に片付くことではあるまいと考えていた。

「爺様、私らの旅にその者たちが現れるようなことがございますか」

「眉、名無しどんがおるではないか」

と若者を見た重兼は、

「浜崎らに追われておるで、外城衆徒もまずこちらの旅に手勢を割く余裕はあるまいて」

と答えた。

しばらく黙々と歩いていた眉月が、

「薬丸新蔵様は無事薩摩を出られたのでございましょうか」

と若者に代わって、懸念を訊いた。

「新蔵の相手は示現流じゃ。具足開きの場で、示現流の面目を潰されたと激怒した門弟衆がおるというでな。だが、新蔵は示現流の動きの先を行っておる。まず間違いなく、薩摩の外に出ていような」

と重兼が改めて眉月の問いに答えた。

鹿児島から伊集院宿までは四里半（十八キロ）あった。

眉月、秋乃、おえつと三人の女が加わった一行だ。ゆったりとした足取りで伊集院に到着したのは、昼の頃合いだった。

「眉、名無しどん、妙円寺《みょうえんじ》にお参りしていこうかのう」

重兼が言い出した。

「妙円寺にございますか」

宍野六之丞が質した。

「なに、六之丞も島津義弘様の菩提寺を知らぬか」

「えっ、義弘様の菩提寺が伊集院にあるのですか」

「城下士ならば妙円寺詣では年に一度の仕来りぞ」

と重兼が六之丞に言った。

丹波《たんば》国永沢寺《ようたくじ》で修行した石屋和尚《せきおくおしよう》の開基と伝えられる曹洞宗法智山《ほうちさん》妙円寺は、伊集院郷徳重村《とくしげむら》にあった。

「六之丞が知らぬとは、江戸藩邸育ちの眉には無理からぬ話じゃな。妙円寺は島津氏十七代 松齢公《しようれいこう》義弘様の菩提寺じゃ。六之丞も眉も名無しどんも義弘公を知らぬか」

重兼は若い同行者に義弘のことを語り聞かせることになった。

島津義弘は天下分け目の合戦、関ヶ原の戦いに西軍の豊臣方に与《くみ》して戦った島津氏の十七代目だ。

だが、戦い利あらず敗《やぶ》れた。

その折り、戦陣を退《ひ》くにあたって敵方の徳川軍に背を見せるは、

「薩摩武士に非《あら》ざる所業なり」

と敵陣の中央突破を試みたのだ。

養老・鈴鹿《すずか》と険しい山道を乗り越え、堺湊《さかいみなと》まで六十里（二百四十キロ）を三日三晩不眠不休で踏破し、ようやく義弘一行は薩摩に帰還した。むろん犠牲者も多

く出た。

この島津義弘の勇戦があればこそ、

「鬼島津」

として、徳川幕藩体制誕生後、外様ながら西国の雄藩として生き残ることができたのだ。

以来、関ヶ原の戦い前夜の九月十四日、島津家城下士は、毎年この日に義弘の菩提寺のある伊集院の妙円寺詣でを習わしとしてきた。

徹宵して妙円寺詣でをして、次の朝には鹿児島に帰着し、平然とした顔で登城するのが薩摩武士の矜持《きょうじ》であったのだ。

そのような話を重兼は一行に話して聞かせた。

若者にとって初めて聞く話だ。

義弘と忠臣らの墓所に参り、一同は薩摩武士の心意気に深々と首《こうべ》を垂れた。

「どうじゃ、眉、あと三里歩けそうか」

重兼が孫の足を気にした。

「義弘様のことや妙円寺詣での城下士のことを考えれば、三里など平気です。それより秋乃は大丈夫」

と老女の足を案じた。

「眉姫様、私は関ヶ原どころか、江戸から薩摩まで四百余里を歩き通した女子です。ご案じ召されますな」

秋乃の言葉に、一行は市来《いちき》を目指すことにした。

「今宵は市来湊泊まりじゃな」

「爺様、市来にはなにがございます」

「市来は湊町《みなとまち》じゃ。鎌倉時代には市来院と呼ばれたそうだが、加治木や鹿児島で眉が見てきた内海ではないぞ。薩摩灘《なだ》の外海に接しておるゆえに、市来には高麗人などがやってきて、交易が盛んな津であったのだ」

重兼の言葉に眉月の顔色が変わった。

若者は眉月の先祖に高麗人の血が流れていることを承知していた。

京泊でその高麗人の名残りを探すと眉月は考えていたが、市来も朝鮮半島と交流を持った町と知り、足の運びが速くなった。

若者は一行の先頭に立った眉月に並びかけて歩いた。

「私の秘密を知っているのは高すっぽさんだけよ」

眉月が若者に囁いた。

「父上や母上は、一族に高麗人の血が流れていることを他人に話してはならぬと言うの」

なぜ眉月が若者にだけ秘密を打ち明けたのかを考えていた。

「高すっぽさんが好きだからよ」

若者の胸のうちを読み通したように言った。

重兼、秋乃、おえつの三人は、前を行く眉月と若者から離れて歩いていたので、二人の会話は聞こえなかった。それにしても大胆な発言だった。だが、眉月の言葉はそれで終わらなかった。

「高すっぽさんはどうなの、眉が好き」

若者の胸がじんわりと温かくなってきた。狗留孫峡谷の滝壺に落下して渦に巻き込まれたとき、死を覚悟した。

その死を生に変えてくれたのは、正気を失って二月以上にも及ぶ眉月の懸命な看護があったからだ。若者は意識を取り戻した折りの眉月の温もりを思い出していた。

それにしても眉月ほど正直に胸のうちを打ち明ける娘を若者は知らなかった。

正直な問いには正直に答えるしかない、と思った。

こっくり、と頷いた。

眉月が若者の手を握って歩き出した。

出水筋を往来する旅人や郷人が目を丸くして見ていた。

市来湊の旅籠に到着したのは、七つ（午後四時）過ぎのことだった。

「爺様、異人が到来した外海を見てきとうございます」

眉月が願い、重兼が許した。

「高すっぽさん、供をお願い。夕日が海に沈む景色を見たいの。急がないと見られないわ」

と眉月が命じた。

若者と眉月は、薩摩灘に突き出した戸崎鼻《とさきばな》から西の海に沈んでいく夕日を飽きることなく眺めていた。

海のかなたに甑島《こしきじま》列島が浮かび、島も海も、そして、空も橙《だいだい》色に染まっていた。

眉月は先祖が渡来した海の彼方《かなた》を、ただじいっと見つめていた。

そのとき、

（薩摩滞在も終わりが見えた）

若者の胸にそんな思いが浮かんだ。

薩摩での収穫は薬丸新蔵との出会いであり、眉月と知り合ったことだった。また、それ以上に多くの人々の親切によって生かされていると思った。

新蔵とはいつの日か、どこかで再会できる気がした。だが、眉月といったん別れたら、再び会う機会があろうかと案じた。

眉月と平然と別れることができようか。

「高すっぽさん、名無しのままに眉月と別れるの」

眉月が若者の顔を見て、質した。

若者は渋谷重兼が若者の出自を、姓名をすでに承知のような気がした。

重兼の立場であれば、若者が何者か、当然あらゆる伝手《つて》と人脈を使って調べていよう。若者が豊後関前藩の関わりの者と承知なのだ、調べはついていると考えるべきだろう。

だが、若者が認めない以上、その事実は有り得なかった。

眉月の問いは違った。

薩摩と江戸の関わりや政治などとは一切関わりのない娘の心からの問いだった。
若者は、眉月の手を取った。
掌にゆっくりと、一字を繰り返して指で書いた。四文字書き終えたとき、眉月が、
(分かったわ)
という表情で若者に応じていた。
「高すっぽさんは名無しではなかったのね」
すまぬ、というふうに若者が頭を下げた。
その首を眉月の両手が引き寄せ、唇が触れた。
一瞬の触れ合いだった。
若者の体を稲妻が走った。これまで体感したことのない官能の震えだった。
同時に、若者は別の気配を察していた。
眉月が若者の変化を敏感に感じ取っていた。
「どうしたの」
若者は眉月の体を背に回して異なる気配に向き合った。
戸崎鼻の岩陰から、久しぶりに見る外城衆徒が姿を現した。馴染みの弓矢を構

えていた。

五人に囲まれていた。

(眉月だけは守り抜く)

若者は咄嗟に決意した。

六人目が姿を見せた。

外城衆徒ではなかった。

薩摩藩の城下士の形《なり》をしていた。

若者は重兼から話を聞かされていた琉球在番の有村太郎次だと思った。

今一人、有村太郎次の背後に張り付くようにいた影が姿を見せた。なんとも怪異な容貌の主で、実体があるのかないのか、若いのか年老いているのか、その能面のような表情からは察しが付けられなかった。

若者は、初めて姿を見せたこの怪異な人物が外城衆徒を束ねる者かと頭に刻み付けるように眺めた。その視線を受け止めた者が、鋭い眼差しを若者に返した。

そして、若者の胸中を読んだようにしわがれ声が応じた。

「齢《よわい》百八十八、外城衆徒を率いる矢筈猿之助」

なんと齢百八十八とは。若者はその年齢に驚きながらも「孤独」と「非情」を

湛《たた》えた怪異な顔に、

（あり得ないことではない）

と薩摩の国境を思った。

「まやかしだわ」

と眉月が叫んだ。

「まやかしではない」

それに答えたのは城下士の形《なり》の者だった。そして、若者に恨みの言葉を告げた。

「おはんのせいで親父は切腹させられた」

やはり御春屋衆有村勘左衛門の嫡子太郎次だった。

「なんぞ御用かしら、有村太郎次」

眉月が若者に代わって有村に質した。

「われら父子の支配下外城衆徒とそやつ、一年半余の戦いを繰り返してきたそうだな。狗留孫峡谷で仕留めたと思った他国者が、なんと麓館に匿《かくま》われていたとはな」

「有村太郎次とやら、なんぞ差し障りがございますか」

「そなた、渋谷重兼の孫娘じゃそうな」

「それがどうしました」

「父の跡をわしが引き継ぎ、防人魏三郎の役目を担う。何百年も前からの陰の役目は引き継がれねばならぬ。本日は、その挨拶代わりに他国者に引導を渡す」

遠くから有村太郎次が叫んだとき、

「有村太郎次、出水筋に山ん者の外城衆徒を連れ出すとは大胆不敵、許さぬ。大目付浜崎善兵衛様支配下の者が戸崎鼻を囲んでおるわ」

宍野六之丞の大声が響いた。

その瞬間、弓矢を構えた外城衆徒の注意が声の方角に向けられた。

その寸毫の間は、若者自らが封じてきた本来の動きを解き放つのに十分なものだった。

一気に外城衆徒の真ん中に飛んで大和守波平を抜き放ち、左右に斬り分けていた。さらに弓を向けようとした三人目に飛びかかって、肩口を斬り割った。

「退《ひ》け！」

有村太郎次が叫んで、外城衆徒は三人の怪我人を残して不意に姿を消した。

「眉姫様、お怪我はございませぬか」

宍野六之丞が姿を見せた。

「六之丞、そなた、私たちを見張っていたの」

「殿のご命にございます」

六之丞が平然と答えていた。

若者が頭を下げて礼を伝えた。

そのあと、若者が倒した三人の怪我人を市来番屋に引き渡すため、六之丞が役人を呼びに行った。

その間、若者と眉月は戸崎鼻に残り、暮れなずむ薩摩灘を見ながら時を過ごした。

若い二人にとって貴重なひとときとして記憶された。


戸崎鼻の始末が終わったとき、五つ（午後八時）の刻限を過ぎていた。

旅籠に戻ると、秋乃がそわそわしながら旅籠の玄関で待ちわびていた。

「眉姫様、お怪我はございませぬか」

「秋乃、高すっぽさんが供よ、怪我なんてあり得ないわ」

と眉月が答えた。

部屋で重兼が待ち構えていた。

「やはり出おったか。名無しどんの馴染みの面々かな」

「爺様、有村太郎次なる者が、外城衆徒の頭目防人魏三郎を引き継ぐと私どもに宣告いたしましたよ」

「有村太郎次に会《お》うたか」

「はい、会いました」

と眉月が答え、さらに続けた。

「爺様。有村の他に外城衆徒の長、矢筈猿之助なる妖《あや》しげな百八十八歳の年寄りも姿を見せました」

「なんと、防人魏三郎を引き継いだ有村太郎次の他に、外城衆徒の長までそなたらに顔を晒《さら》しおったか」

重兼は、長年正体を隠してきた防人魏三郎と矢筈猿之助が正体を見せた事実を沈思した。

(外城衆徒は追い込まれたのか)

あるいは、

(薩摩の国境をこれまでどおりに守り抜く自信の表れか)

と迷った。そして、鹿児島の大目付浜崎善兵衛に宛てて書状を認め始めた。

三

翌朝、市来湊を一隻《せき》の帆船《はんせん》が船出した。

渋谷重兼が昨日のうちに手配した船だ。

外城衆徒の襲撃を恐れてのことではない。

かつて高麗人が渡って来た海を眉月に見せようと考えてのことだ。市来から串《くし》木野《きの》までは、海上から出水筋の光景が望める。だが、串木野を過ぎると隈之城や川内川の渡唐口《ととんぐち》から、甑島列島を望む甑の瀬戸を見ることは叶わない。

重兼は孫娘のために西に突き出た羽島崎《はしまざき》、天狗鼻《てんぐばな》を見ながら川内川河口の京泊に入ろうと考えて、海路を選んだのだ。

陸路なら市来から串木野までがおよそ一里、串木野から向田《むこうだ》までおよそ四里弱、川内川の渡唐口はもはや指呼《しこ》の間《かん》だ。

薩摩藩の参勤交代で出水筋を使う場合、河口から三里余にある川湊の渡唐口にて川船に乗り換え、京泊まで下って、ここで外海航海のできる大型帆船に乗り換えるのだ。

重兼が眉月のために選んだ海路は、甑の瀬戸へ突き出た半島を回るので、川内川河口まで七、八里はあろうか。

帆船は南西の風を受けて順調に航海を続けていく。

眉月と若者は、舳先近くに座して甑島列島や薩摩国の陸影の変化を眺めながら船旅を楽しんでいた。

昨夕、眉月と若者を戸崎鼻で襲った琉球在番の有村太郎次、いや防人魏三郎と外城衆徒の暴挙は、早飛脚で鹿児島城下に知らされた。ゆえに本日にも、有村率いる外城衆徒の所業は藩主島津齊宣の知るところとなろう。

長いこと薩摩の国境に密かに立ち塞がってきた外城衆徒は、自滅の道を急ぎ辿っているように思えた。

ともあれ渋谷重兼一行は、船を雇ったことで本日の旅は長閑の一語に尽きた。

甑島列島にも海にも薩摩半島にも春の陽射しが穏やかに降り注いでいた。桜の季節にはもうしばらく日にちが要ろう。

「爺様のお蔭で、眉の先祖が渡ってきた海を体に感じることができました」

と眉月が若者に言った。

若者は、うんうんというふうに頷いた。

まさか、野間関境川での初老の武家との一瞬の出会いが、若者の武者修行を、薩摩入りを助けることになろうとは考えもしなかった。

若者は、眉月の体に流れる「血」を思いつつ、死の淵から蘇って最初に出会った娘が渋谷重兼の孫であったことに、

「運命」

を感じていた。

だが、若者の武者修行は始まったばかりだった。

若者が腰の矢立から筆を抜き、紙片に文字を認めた。

「眉姫様、重兼様と麓館に今後とも暮らしていかれるか」

との問いがあった。

「江戸の父母からは、江戸に戻ってこよと再三催促の文《ふみ》がくるわ」

そなたの考えは、という表情で若者が眉月を見た。

「爺様独りにしておくのは切ない」

と答えながらも、

「江戸が恋しくなることもある」

と正直な気持ちを洩らした眉月は、

「高すっぽさんは、いつ江戸に戻るの」

と質した。

筆が動いた。

「修行は始まったばかり、何年後になるか分からぬ」

「武者修行を終えたら江戸に戻るのね」

と眉月が念を押した。

若者は頷いた。

「その折り、眉も江戸にいたい」

と眉月が言った。

しばし沈思した若者が、

「薩摩での逗留は、重兼様と眉姫様の助けがなければ叶わなかったこと。なによりわが命を救うてくださったことを生涯忘れはいたしませぬ」

と認め、その文字を嚙みしめるように読んだ眉月に、

「もし無事に薩摩を出ることがあれば、そなたに宛てて文を書く」

と約定する言葉をさらに重ねた。

「約束よ」

眉月が若者の指を握った。

「高すっぽさんと会って一年ちょっとよ。短かったのかしら、それとも長かったのかしら」

眉月の問いに、若者が分からぬというふうに頭《かぶり》を振った。

船旅の間、二人だけの時を過ごした。

その昼下がり、帆船は川幅が広い川内川河口に入っていった。

眉月の体に流れる高麗人の「血」を、七、八丁もある川内川の広い河口に吹く潮風が教えてくれた。

京泊の津の由来を『三国名勝図会』は、

〈強頭馬里《きようとまり》〉

と認めている。また、

〈前代は唐船出入して、多く此津《このつ》に繫泊《けいはく》せりとぞ。(中略)当邑《とうむら》に帰化の頴川《えがわ》氏あり、陳は、頴川氏の姓なり、是にても昔時唐舶の出入せるを見るべし〉

とも記されている。

眉月の先祖に高麗人がいるという。この京泊の津に唐人や高麗人が立ち寄っていたのだろう。

眉月は、過ぎ去った時の彼方に思いを馳《は》せるような眼差しで、京泊の津を船上から眺めていた。

二人のところに渋谷重兼が歩み寄った。

「この京泊には、名所八景がある。名無しどん、筆を貸せ」

と若者の矢立の筆を握った重兼がすらすらと京泊八景を記していった。

関屋夜燈
洲崎群鷗
浄鏡晩鐘
吹上松風
唐浜汐水
西海行舟
甑島白雲
入江秋月

「爺様、この文字を見ただけで京泊に唐人や高麗人が立ち寄った理由が分かります」

眉月の言葉に重兼が応えた。

「眉、京泊八景を堪能するには春夏秋冬この地で過ごさねばなるまい」

「爺様、本日の船旅で往時渡来した人を想像することが叶いました。長旅となり、そろそろ麓館が恋しくなりました」

と眉月が言った。

「ならば、今夜は京泊に宿し、明朝、川船に乗り換えて川の流れを遡ろうか」

重兼の言葉を聞きながら、若者は川内川の水源の狗留孫峡谷が己の命を救ったことを思い、眉月は海口の京泊で先祖の血を思い起こした。二人とも貴重な旅であったと考えていた。

翌朝、満潮を利して渋谷重兼一行は、広い河口から帆走で上流を目指した。むろん満潮と風を利用しても舟運が可能なのは、中流域の宮之城付近までだ。

朝靄《あさもや》がかかった京泊の津を出た川船は、出水筋の渡唐口を見ながら平佐邑白和《しらわ》付近まで、ゆっくりながら潮に乗って帆走で上がった。

河口から三里半ほどだ。

この界隈になると川幅は二百歩ほどとなり、平佐から宮之城付近までは船人たちが櫓を使い、時には船を曳《ひ》き上げたりして舟運が可能だった。

だが、古跡虎居城《とらいじょう》のある宮之城上流、六里の地までは天保十三年（一八四二）の川内川の大開削を待たねば舟運は不可能であった。川底の岩石を砕いての開削は、

「曾木の川湊え《かわざら》」

と呼ばれた。それによって川内川は曾木の瀑布下まで舟運が通じて、河口へと年貢米などを積んだ船が行き交うことになる。

京泊の津から一日目、風がよかったこともあり、宮之城近くの山崎にて船を捨て、一行は、渋谷重兼の知り合いの名主屋敷に宿泊した。

「眉、名無しどん、そなたが承知の曾木の瀑布には、明日からの歩み次第、ほぼ一日の行程かのう」

と重兼が言った。

「爺様、長い旅でしたね」

と眉月が草鞋の紐を解いたとき、言った。

「ああ、長い旅であった。じゃが、眉、未だ旅は終わっておらぬ。最後まで気を抜くでないぞ」

「船旅が続いたのです。これから麓館までしっかりと歩いて参ります」

と眉月が答えた。

重兼が孫に注意すると、
若者は、重兼の言葉を、

「未だ有村太郎次率いる外城衆徒が襲い来ることも大いに考えられる」

と理解した。

改めて気を引き締めての徒歩による旅が始まった。

「鎌倉時代、この界隈は大前一族が支配していたのじゃが、われらの先祖渋谷氏が鎌倉幕府の命により相模国よりこの地に、新補地頭《しんぽじとう》としていきなり割り込んだ格好になり、戦《いくさ》が繰り返されたそうじゃ。大前氏の居城の虎居城を巡っても大前一族と渋谷一族で戦があった。この宮之城は、われら渋谷五族所縁《ゆかり》の地なのじゃ」

渋谷重兼は川内川が大きく蛇行する宮之城で、若い二人にこの地の歴史を語り聞かせた。

宮之城を過ぎると川内川といったん分かれて、大口筋へと向かう脇筋を行くこととなる。

海と川の船旅が続いたせいで、眉月の足取りも軽かった。

仲春《ちゆうしゆん》を前に、早咲きの桜が一行を迎えてくれた。

「高すっぽさん、旅の仕舞いを桜が迎えてくれたわ」

明日には旅が終わるのだ。名残り惜しそうに眉月は若者に話しかけた。

「眉姫様、こたびの道中はどうでした」

秋乃が眉月に問うた。

「加治木も鹿児島城下も楽しかったわ。でもいちばんの見物は薩摩の内海に浮かぶ桜島ね」

「桜島はいつ見ても雄大でようございます」

と応じた秋乃に眉月は、

(高すっぽさんと心を通わせた旅)

であったことは口にしなかった。

麓館に戻れば、若者は麓館を、薩摩を去ることになる。

この日、曾木の瀑布近くの針持《はりもち》が旅の最後の宿りとなった。

夕餉のあと、重兼が若者を部屋に呼んだ。若者は、もはや己の分身のように使い慣れた矢立の筆、紙片を携えていた。

「名無しどん、そなたの薩摩逗留は終わりを迎えたな」

その場には眉月だけが同席した。

筆が紙の上を走った。

「渋谷重兼様、眉姫様、お蔭さまで実り多い薩摩逗留でございました。改めてお礼を申し上げます」

「麓館に戻ったら、そなたの出国の書き付けを、齊宣様のお赦《ゆる》し状を渡す」

重兼は鹿児島滞在中にさような手配までなしていたのかと、若者は驚きを隠せなかった。

「いつどこの関所なりとも大手を振って国境を越えよ」

若者はどこの国境を越えようと、外城衆徒との一戦を覚悟していた。それが重兼の言葉で一気に消えたことになる。

(なんと)

一方、眉月は重兼の言葉を寂しげな表情で聞いていた。

若者の筆が動いた。

「重兼様、外城衆徒はどうなるのでございますか」

若者は、何百年も島津氏の陰の存在として国境を守る任に携わってきた外城衆徒の運命について尋ねた。

「齊宣様は、この際、外城衆徒を陰の役目からすべて外されることを決意なされた。異国の船が徳川幕府の支配するこの国に開国を求めてくる時代じゃ。薩摩だけが国境を閉ざしているわけにもいくまい。国境の警護は本来境目番所や辺路番所、あるいは海岸を守る津口《つくち》番所の任じゃ。本来の姿に戻ることになる」

若者は、この一件に渋谷重兼がなにやら関わっているのではないかと推量した。

「爺様は未だ重豪様の御用をお務めですか」

眉月も若者と同じことを考えたか、こう質した。

重兼はしばし沈黙して間を置いた。

「わしが重豪様の隠居に伴い、職を辞したことは今更語ることではあるまい。その折り、重豪様は、お若い齊宣様の御側御用を務めよと強く勧められた。このことも眉、承知じゃな」

「はい」

「わしはその職も固辞した。だが重豪様は、なかなかお許しにならなかった。わしもな、公でなければ重豪様と齊宣様の間に入り、島津家のためになんぞ役立つことがあるのではないかと思い直した。そこで『格別な折りは』ということで重豪様の命を受け、国許の麓館に戻って来たのじゃ」

と重兼は、齊宣の陰の『後見方《こうけんかた》』を務めていることを二人に打ち明けた。

「爺様、ご隠居様と殿様は仲がよろしゅうないのでございますか」

「眉、薩摩歴代藩主の中で重豪様は、なかなかの遣り手じゃ。薩摩藩内に直仕置体制を強め、三女茂姫様を当代の公方家斉様の御台所《みだいどころ》に嫁がせ、幕府と薩摩の結びつきを強固になされた。かような父の跡を継ぐ齊宣様の苦労難儀は推して知るべしであろう。一方、重豪様の派手な動きには代償が付きまとう。ために薩摩藩の財政は重豪様時代に悪化しておる。偉大な父、そして、放漫藩政のツケの借財、それが齊宣様の前に残されたものじゃ」

「爺様がお二人の間を取り持つと申されますか」

「眉、さような力はわしにはない。齊宣様は、未だ『後見』を務められる重豪様に抗って、中士、下士の有能な人材を登用し、藩財政を独自に改善なさろうとしておられる」

「よき試みではございませぬか、爺様」

と眉月が重兼に即答した。

重兼は間を置いた。

若者は、薩摩藩の内情を他国者に聞かせるのは、

(なんの曰くがあってのことか)

と疑問に思った。そして、渋谷重兼は、己の正体を承知して話を聞かせているのだ、と判断した。

「重豪様は、齊宣様の人材登用とその藩士らで作る『近思録派』を認めてはおられぬ。ただ今は我慢しておられるが、早晩、重豪様の怒りが齊宣様に向けられることをわしは危惧しておる」

「爺様、藩主は齊宣様でございます」

「いかにもさよう。じゃが、栄翁様は、実権を手放しておられぬ。もはやそなたらは推量していようが、御春屋衆がいつの間にか国境に棲む外城衆徒を束ねて、勝手気ままに暗躍してきたのも、先代重豪様が江戸に注意を向けられた隙に有村父子が上手く立ち回った結果だ。その後始末を、当代齊宣様がなされることになった」

「爺様、麓館に大目付浜崎善兵衛様が見えられたのは、爺様がお呼びになったのですか」

「齊宣様にな、実情を承知しておいてもらおうと思うてな」

と応じた。

「二人に言うておこう。齊宣様の命で、城下士、外城衆中、各境目番所、辺路番所が協力して外城衆徒の砦を近々潰すことになる」

何百年も続いた陰の制度だ、「潰す」と言ってもそう容易なことではあるまい、と若者は考えた。

彼らほど国境を承知の者はいなかった。

若者は、ふと、

(この一件、江戸におられる重豪様が承知かどうか)

と考えた。

外城衆徒が重豪と齊宣父子の確執を利用して生き抜いてきたとしたら、当然このたびも動いたとしても不思議はない、と考えた。

だが、若者はこの薩摩の内情に関わることはしなかった。ただ黙って二人の会話を聞いていた。

「名無しどん、そなたが麓館を出て薩摩の国境を越えるのは、外城衆徒一党を潰したあとにせよ」

はい、というふうに若者は頷いた。

「明日には麓館に戻る。半年近くにわたる旅が終わる」

重兼がしみじみとした口調で言った。

四

渋谷重兼一行が麓館に戻って三月《みつき》が過ぎたが、外城衆徒を討伐する城下士が鹿児島から麓館に姿を見せる気配はなかった。

いつしか葉桜の季節を迎え、若者にとって二度目の夏を麓館で過ごすことになった。

若者は加治木や鹿児島での薬丸新蔵との立ち合いを思い出しつつ、稽古に励んでいた。

未明の刻限に曾木の瀑布へと走り、赤松の下で独り稽古に励むのが相変わらずの日課であった。

その後、麓館に戻り、宍野六之丞らと野太刀流の稽古を重ねた。続け打ち、掛かり、早捨、抜き、打廻り、槍《やり》との対戦を想定した長太刀など、若者はこの一年だれよりも稽古をした。

「朝に三千、夕べに八千」

と言われるが、若者は毎日その回数を超える続け打ちをこなした。無尽蔵と思える体力がなければできない稽古だ。もはや麓館で互角に立ち合える相手はいなかった。

特に実戦稽古の「打廻り」は、若者の最も得意とするところだった。

野天の道場に何本もの柞の丸太を立て、それを敵方と見立てて走り回りつつ、掛かりの要領で強打する稽古だ。

若者にとって幼い頃から庭で行ってきた独り稽古に似ていたこともある。だが、続け打ちで右蜻蛉、左蜻蛉に交互に構え直しての打ち込みは、薩摩に来て覚えたものだ。

若者の「打廻り」は迅速な上に長身を利して打ち下ろされるため、だれも受け止めることができなかった。

「名無しどんの打廻りで柞の丸太は十日ももたぬ」

六之丞らは呆れ顔で若者が稽古をする様子を眺めていた。

この朝、稽古の最中にめっきり姿を見せることがなくなっていた渋谷重兼が野天道場に姿を見せた。

「名無しどん、そなたの『打廻り』を見せてみよ」

と重兼が命じた。

無言ながら片膝を突いて畏まった若者は、木刀を選んだ。

その間に六之丞らが大小様々な柞の丸太を砂地の道場に立て巡らせた。丸太の径は太いもので二の腕ほどもあった。長さも様々な丸太が十数本林立した。

若者は、道場の端に立ち、重兼に一礼した。

左右の足を前後にし、腰を軽く沈めた若者は、すいっと柞の木刀を右蜻蛉に構えた。

「ふうっ」

思わず重兼が嘆息したほど、美しくも大きな右蜻蛉だった。

のび上がった瞬間、大股の運歩で踏み出した。

正面の柞の丸太は径が二寸はあった。

右蜻蛉から袈裟《けさ》に打った。

鈍い音がして杵の丸太が折れ飛んだ。

「ないがぁ」

と門弟から驚きの声が上がった。

次の瞬間には若者は左蜻蛉に木刀を立て替え、左に飛んで二本目の丸太に打ち込んでいた。これも折れ飛んだ。

若者の動きが速さを増して縦横無尽に動き、正面に捉えた杵の丸太は悉く右蜻蛉、左蜻蛉からの掛かりでへし折られていった。

最後の丸太が折れ飛んだとき、野天道場には粛として声がなかった。

旅から戻った若者は野天道場でも独りで黙々と続け打ちや掛かりを稽古していた。だが、その日々の稽古も手加減しながらのものであったと麓館の面々は教えられた。

十八歳になった若者は、川内川に浮かんでいたときの姿が想像できないほど、胸板も腕も脚もがっちりとして、

「偉丈夫《いじょうふ》」

という言葉がぴったりするほどの体付きになっていた。

「殿」

と麓館の家老職の郷士年寄にして剣術師範の大前志満雄が茫然自失《ぼうぜんじしつ》したふうに呼びかけた。

「魂消《たまげ》たとしか言いようがないわ」

「一年ほどで薩摩剣法を習得できるものですか」

「師範、元々剣術の基がなければこうはいくまい」

重兼の前に歩み寄った若者が一礼した。

「殿、この名無しどん、深夜に独り稽古をしていることをご存じですか」

「むろん承知じゃ」

「それにしてもこう早く上達するとは」

「当人は得心しておるまい」

「得心しておりませせぬか」

重兼の視線が若者に向けられた。

「名無しどん、木刀を真剣に替えよ」

と命じた。

しばらくお待ちくだされと仕草で応じた若者は、六之丞らが柞の丸太の後片付けをするのを手伝った。

「もはやただの高すっぽじゃないな。剛腕の剣術家じゃぞ。ただ今ならば薬丸新蔵どんを一蹴《いっしゅう》できよう」

六之丞が若者に言った。

にっこりと笑った若者が頭《かぶり》を振り、薬丸新蔵は、ずっとずっと高い頂きにいると、仕草で伝えた。

「そうかのう。おいは名無しどんが上と見たがのう」

若者は折れた柞の丸太を集めて野天道場の隅に運んだ。

「六之丞、そなた、『抜き』の相手をしてみぬか」

重兼が六之丞に言った。

「高すっぽの相手をせよと申されますか」

「おお」

「ならば木太刀に替えます」

六之丞が言った。抜きの稽古は木製の刀を腰に帯びてなす。

「いや、真剣とせよ」

「はっ」

「どうした、六之丞」

「やいそこぬっと、うっ死んでしまいもす」

「そいもよかこっじゃ」

六之丞の狼狽《ろうばい》に重兼が薩摩弁で応じた。

しばし無言の六之丞が恨めしそうな顔付きで己の刀を取りに行った。

抜きの稽古を真剣でやることはまずない。

若者は重兼から借り受けている大和守波平を腰に帯びて六之丞を迎えた。

「名無しどん、おいに恨みはなかかな」

若者が首を縦に振り、笑みを浮かべて、大丈夫という表情を見せた。

「よかな、おいは命の恩人の一人じゃっど」

念を押した六之丞と若者は、四間の間を空けて対峙した。

抜きは不意打ち技だ。

名乗りを上げての立ち合いとして使われることはまずない。稽古も相手がある場合は、往来で擦れ違うことを想定して行われる。

通常、武士同士が擦れ違う場合、相手は己の左側を歩くことになる。左腰の刀は、上刃で鞘の中にある。

六之丞が覚悟を決めたか若者に向かって踏み出し、若者も倣《なら》った。

間が一瞬にして縮まり、六之丞が鞘元に手をかけてくるりと下刃に変えようとした。

その瞬間、いつ返され、抜かれたか、若者の刃が、

すうっ

と抜き上げられ、脇腹に痛みを感じた次の瞬間、六之丞は意識を失っていた。

若者は鹿児島からやって来た城下士に加わり、宍野六之丞らとともに国境の峠にいた。

あの抜き稽古から七日後のことだ。

大口筋の肥後国水俣《みなまた》に向かう峠近くにある外城衆徒の根拠地の一つを討伐する城下士の一軍に、若者や六之丞らも助勢してのことだ。

若者にとっては馴染みの薩摩と肥後の国境だ。

峠から西に向かって国境を行くと肥後側に亀嶺《きれい》高地が広がり、鬼岳《おにだけ》二千四百二十五尺（七百三十五メートル）が討伐隊の前に立ち塞がっていた。

薩摩、大隅、日向三国の国境の峠に、鹿児島城下で組織された討伐隊十二組がそれぞれ入り込んでいた。

薩摩藩島津家では外城衆徒を長年密かに支配してきた御春屋衆有村家に踏み込み、国境に点在する陰の者の住処《すみか》を示した絵図を押収した。それによれば、ただ今の外城衆徒の頭分、防人魏三郎の腹心は矢筈猿之助という武術の遣い手であると確かめられたということだった。若者はすでに承知の人物だ。

その絵図に従い、十二組の出陣が命じられたのだ。

麓館の外城衆中らも大口筋近くにある鬼岳の住処を潰すべく、討伐隊の一組に加わった。

肥後側から日向側まで外城衆徒の根拠地は十数ほど点在し、定期的にその「砦」と呼ばれる住処を移動しているという。また「砦」の近くには「外城衆徒」たちの身内が暮らす「郷」があるとか。

若者たちも城下士の案内人が手にする絵図に従い、鬼岳を目指した。

だが、山に慣れない城下士らの指揮下の行動だ。

外城衆徒は当然の如くこちらの動きを察していると若者は考えていた。

峠道から尾根伝いの獣道《けものみち》を進むと、確かに「砦」らしき住処はあったが、そこはすでに無人で、しばらく人が住んだ気配がなかった。

城下士たちは「砦」や「住処」を見つけると火を付けて燃やした。

六之丞は若者のかたわらに常に従っていたが、

「祭の行列か参勤交代のようじゃな。外城衆徒はわれらの動きを見ておろうな」

と小声で言った。

若者は頷いた。

外城衆徒は銃を携帯する城下士たちが疲労したところを見計らい、反撃してくると考えていた。

鹿児島の有村屋敷で押収された「砦」の絵図などのことは、すでに国境の山にいる外城衆徒に伝えられている筈《はず》だ。

長年、薩摩本藩の職階の外で、陰の者として生き抜いてきた面々だ。当然、有村父子ばかりか、外城衆徒に通じた城下士からの連絡《つなぎ》が国境に届いていると思われた。

外城衆徒は国境を賑々《にぎにぎ》しく動く大勢の討伐隊を見張りながら、気配もなく先へ進み、時には背後に回って攪乱《かくらん》した。

峠道から尾根道に入って七日目、討伐隊の食い物が尽きかけた。そこでいったん鬼岳周辺の捜索を打ち切り、大口筋の峠へ戻ることになった。

「名無しどん、あやつら、われらを自在に引き回しおるわ。これではいつまで経ってても外城衆徒に出会うことはできぬぞ」

六之丞は一行が尾根道で休息したときに言った。

若者は腰に下げた矢立の筆で紙片に認めた。

「あの者たち、こちらが気を抜くのを待っております。あやつらから反撃があるやもしれませぬゆえ、気を抜かぬほうがよい」

と六之丞に告げた。

「おいもそう思うとる」

国境での討伐隊の行動のすべてを城下士が握っていた。麓館のような外城衆中、つまり郷士は一段格下と見られ、行動について相談されることはなかった。

「おい、名無しどん、おはん、いつあん『抜き』を会得したんな。おいはうっ死んだと思たぞ」

六之丞が文句を若者に言った。

にやり、と若者は笑っただけだ。

「おはんが毎晩独り稽古に出ちょったことは承知じゃっど。その折り、『抜き』の稽古をしたとな」

若者は頷いた。

「そいにしても一年二年であん技はでけん」

六之丞が首を捻った。


そろそろ大口筋の峠に辿り着こうという夕暮れ前、討伐隊の先頭を行く者の悲鳴が上がり、鉄砲隊が応酬する銃声が響いた。

六之丞は、麓館の面々を尾根道の岩場に集め、奇襲に備えさせた。

若者は尾根道の下を走る獣道を伝って討伐隊の先頭へ出てみた。

そこには三人の城下士が毒矢に射掛けられ、倒れていた。

若者は、矢傷が太腿《ふともも》であることを知ると傷の上を刀の下げ緒でしっかりと結んで、毒が全身に回らぬようにした。次いで刀の小柄《こづか》を抜くと、背中に負った竹籠《たけかご》から焼酎を出して切っ先を消毒し、一人の者の矢傷を広げて口で毒を吸い出そうとした。

城下士たちも外城衆徒が毒矢を使うことに気付いたか、若者を真似て毒を吸い出し始めた。

その夜、その場所で三人の怪我人の呻き声を聞きながら一夜を過ごした一行は、未明に三人を槍や木の枝で造った俄《にわ》か造りの担架に乗せて、なんとか峠道に戻り着いた。

そこには麓館から若者に宛てて渋谷重兼の文が届いていた。

長い文だった。

重兼の文の中にもう一通、文が入っていた。その文を懐に入れ、まず重兼の書状の文面を読み終えた若者は、六之丞に渡した。文にはなんと麓館の眉月が行方知れずになっていると記されていた。

重兼の推量では、外城衆徒に襲われ、拉致《らち》されたと思えるとあった。

「なんと」

六之丞が驚愕の声を上げた。

「名無しどん、どげんするな」

六之丞が若者を見た。

若者は思案していたが、矢立から筆を出し、さらさらと何ごとか認めた。それを六之丞に見せた。

「なに、おはん、先に麓館に戻るのか」

また若者の筆が走った。

「あの者たちはそれがしを狙うておる。それに国境には外城衆徒の精鋭たちはおらぬように見受けられる」

「分かった。ならば、われらも一緒に麓館に戻る。城下士の頭分に相談するで、待ってくれ」

と言い残した六之丞が鬼岳の討伐隊の長《おさ》、城下士の城山策左衛門《しろやまさくざえもん》に相談に行った。

若者は懐から自分に宛てられた文を取り出した。だれの手跡か、その宛名は若者の本名だった。


六之丞は、城下士城山と対面して、事情を告げた。

「われらだけで討伐を続けよと言うか」

「その代わり、怪我人をわれらが麓館まで運んで治療を受けさせもす」

との提案にしばし考えた城山が、

「よか、頼もう」

と願った。

夕暮れが近付いていた。

六之丞が麓館の面々のところに戻ると、若者の姿はなかった。

「高すっぽは、どげんした」

「えらい勢いで、宵の山道を下って行ったど」

六之丞は舌打ちしたが、もはやどうしようもない。

「怪我人を運んで麓館に戻っど」

と仲間たちに命じた。


その前日の昼前のことだ。

眉月は、祖父重兼の命で麓館の船着場まで鹿児島本藩の大目付浜崎善兵衛を迎えに行き、書院に案内した。

茶を出さんと台所に行ったが、なぜか女衆が一人もいなかった。

眉月は、竈《かまど》に鉄瓶をかけて湯を沸かした。

(どうしてだれもいないの)

六之丞や若者らは、外城衆徒の討伐隊に加わり、国境の山中に入っていた。ゆえに男衆は少ないが、女衆までいないとは、と眉月は訝しがりながら、茶器の仕度をした。

その瞬間、背後に人の気配がして異臭のする布を鼻に押し当てられ、意識を失った。

あれからどれほどの時が流れたか。

目隠しをされ、口には猿轡《さるぐつわ》をかまされていた。だが、夜だということは判断がついた。正気を失ったあと、なにか飲み物を飲まされ、女の声で何度も、麓館に逗留する若者の名を質された気がする。まさか私だけの秘密を喋ったはずはない。もし、と眉月は胸の懸念を忘れようとして、ただ今の境遇を考えた。

眉月は船に乗せられていた。

流れは川内川のはずだ。

遠くから轟々たる滝の音がした。まさか曾木の瀑布だろうか。

曾木の瀑布に船ごと落とされようとしているのか。

そのとき、船に人の気配がした。

だれぞに捕まったのか。

若者の顔を思い浮かべた。

眉月は、

（必ず助けに来てくれる）

と思った。

第五章　赤松の囚われ人

一

その夜、磐音は床に就いたが、なかなか眠ることができなかった。おこんは寝る前に仏間に入り、手を合わせるのが日課だ。

そんな気配を感じながら、磐音は直心影流尚武館道場の後継を、

（どうしたものか）

と考えていた。

一つは門弟の中から然《しか》るべき者を見定め、これから磐音が格別に稽古をつけながら人物と技量を見極めて、

「養子」

として選ぶ途《みち》だ。

むろん相手の気持ちが優先されるし、養子になる環境であること、嫡男ではなく次男、三男でなければならなかった。

その人物について漠とした考えがないわけではなかった。その人物と睦月《むつき》が夫婦《めおと》になってくれれば、それ以上のことはないと勝手に考えていた。

いつの日か、そのことを行動に移さねばなるまい、と思っていた。

尚武館道場は幕府の「官営道場」の観があり、門弟の数もこれまで磐音が知るかぎりいちばん多かった。それだけに稽古は厳しかった。

(尚武館の後継だけならば、さほど苦労することもないのだが)

磐音はそう考えを移した。

おこんが蠟燭《ろうそく》を吹き消す気配があって寝間に入ってきた。

「おまえ様、なんぞ考え事ですか」

「うむ」

と答えた磐音は最前から考えていたことをおこんに話した。

「そうですね」

と応じたおこんは、隣に敷き延べられた床の上に座った。

「異論があるか」

「いえ、そうではございませぬ。その前にやるべきことがございましょう」

磐音はおこんの考えが分かっていた。

坂崎家と親しい人物や限られた門弟は、武者修行に出た若武者の、

「死」

をすでに承知していた。だが、大半の門弟たちには未だ知らされていなかった。

「今年の暮れには三回忌が巡ってまいります。その折りに弔《とむら》いと三回忌を一緒に行いませぬか」

「おこん、気持ちの整理はついたか」

磐音はおこんの気持ちが定まらないのを見て、そのことをずっと口にせずにいた。

「いつまでも皆様にお知らせしないのは申し訳が立ちませせぬ。おまえ様が申されることは、弔いと三回忌を終えたあとになすのが道理かと存じます」

「そうじゃな、それが親としての務めであろうな」

「尚武館道場を絶やすことはできますまい」

「それがしの代で道場を閉ざすことはできぬ」

道場は継続できても、後継に選んだ人物に佐々木家が脈々と受け継いできた秘密を打ち明けられるかどうか。佐々木玲圓が磐音になした手順を踏むには、多くの難題が山積みとなっていた。

失敗は決して許されないのだ。

磐音の頭にある人物ならば、必ずやその秘密を守り、事に備えてくれる気がした。まずは速水左近に相談せねばなるまいと磐音は思った。

「後継には坂崎姓を継がせることもあるまい。養父《ちち》玲圓の死で途絶えた佐々木姓の復活があってもよかろう」

「話はいささか早《はよ》うございますが、その折りは、この神保小路をその方に譲り、私どもは川向こうに隠居いたしましょうか」

「それもよいな」

「そのためにはまず弔いと三回忌を催し、親の務めを果たさねばなりますまい」

おこんの返答に磐音は頷いた。

「今年の暮れに、まずその法会《ほうえ》を済まそうか」

「半年などすぐに過ぎます」

夫婦はそう言い合い、おこんは床に身を入れた。そして、おこんは、わずか二年前の夏に豊後関前藩から旅立った嫡男のことを思い浮かべた。

「光陰《こういん》矢の如しじゃな」

しばし間があって、おこんが、

「この二年、長《なご》うございました」

と答えた。


眉月は、曾木の瀑布の二ノ口の岩場に一本だけ聳え立つ赤松の幹元に縛られていた。

眉月はすでに承知していた。

なぜ外城衆徒の面々が眉月を拉致したのか。高すっぽを呼び出すためだと確信していた。

だが、若者は、城下士たちと一緒に国境の山に入っていた。

一方、外城衆徒は、討伐隊が国境の山に入ったのを確かめ、麓館の女衆をなんらかの手を使って外に呼び出し、その隙に眉月を拉致した。そのことを若者に告げてこの地に誘《おび》き寄せ、決着をつけようと企てているのだ。

外城衆徒を束ねてきた有村家にしても、外城衆徒にしても、若者との、

「最後の戦い」

と覚悟を決めていた。

これまで若者と外城衆徒一党は、幾多の戦いを繰り返してきた。だが、長年薩摩の国境を守り抜いてきた外城衆徒が、ひとりの若武者を打ち倒せずにいた。これ以上の屈辱はない。

薩摩藩がなにを考えようと薩摩の国境は外城衆徒の縄張りだった。若者を斃《たお》すことでその途も開けると考えていた。

その最後の戦いの地が曾木の瀑布なのだ。

(必ずや高すっぽさんは、眉月を助けに来てくれる)

と眉月は信じていた。だが、外城衆徒もそのすべてを賭けて必死の戦いとなる。

(待つだけだ)

それがだめなときは死ねばよい。高すっぽさんと曾木の瀑布に身を投じるだけだ、と眉月は思った。

夕刻、麓館の蘭方医黒田頓庵の診療所に三人の城下士が運び込まれ、治療が始まった。それを見届けた宍野六之丞は、急ぎ奥屋敷へ向かい、渋谷重兼と面会した。

　重兼のほか、郷士年寄の大前志満雄、組頭の永山真造、横目の伊集院幸忠ら所三役が六之丞らを待ち受けていた。

「六之丞か、名無しどんはどうした」

　重兼が質した。

「こちらに戻っておりませぬか」

　六之丞が訝しげな顔で尋ね返し、峠道で書状を読んだあとの若者の行動を告げた。

「なに、名無しどんは、先に独り走り帰ったか。となると、外城衆徒の誘いに乗って眉月が囚われている場所に走ったとみゆる」

「高すっぽは独りで、数多《あまた》の外城衆徒と戦いをなすつもりでごわすか」

「それしか考えられまい」

　としばし沈思する重兼に、

「眉姫様が連れていかれた地はどこでございましょうな」

　と六之丞が質した。

「討伐隊が国境の山に入ったあと、外城衆徒本隊は麓館を襲ったことになる。眉月を連れ去った地は、奴《やつ》らがもっとも地の利のある国境ではあるまい、そこには城下士や郷士の大軍がおるのだからな。この麓館近くだな」

と重兼が推量し、問うた。

「六之丞、名無しどんが毎夜独り稽古をしていた場所はどこじゃ」

「高すっぽに尋ねても教えてくれませぬ」

六之丞も剣術指南の大前も伊集院も、承知していなかった。

「眉月と関わりのある場所ゆえ、だれにも言わぬのであろう。となれば、一箇所しかあるまい」

「殿、それはどこでございますな」

大前の問いに重兼はしばし己の考えを吟味するように沈黙し、

「眉月は曾木の瀑布に連れていかれておろう」

と言い切った。

「眉姫様は曾木の瀑布に。なんということか」

伊集院が最悪の場所に拉致されたかという顔で叫び、

「そうか、高すっぽの独り稽古の場は曾木の瀑布でございましたか」

六之丞が得心したように言った。

「やつらは高すっぽがあの場にひとりで来るよう、文で命じてきたのであろう」

「殿」

大前が重兼の命を待った。

「大前、麓館の者どもをすべて集めよ。防人魏三郎を名乗る有村太郎次も、その腹心矢筈猿之助も国境の山にはおるまい。外城衆徒の主力は、眉月を連れていった曾木の瀑布における。外城衆徒はわれら渋谷一族が一掃いたす。飛び道具を備えたやつらじゃ。伊集院、われらも大弓の得意な者を二手に分けて、そなたが率いよ。曾木の瀑布の右岸と左岸に大弓隊を走らせるのじゃ」

と重兼が厳命した。

一気に麓館は戦仕度に入った。


赤松に身を縛られた眉月は、猿轡と目隠しを外された。

眉月は体を上流に向けて座らされていた。

曾木の瀑布へと押し寄せてくる川内川の流れが蒼《あお》い月明かりに照らされていた。

（やはり曾木の瀑布の一本松の岩場だ）

若者が毎夜、この岩場で独り稽古をしているのを承知なのは、眉月だけだと思っていた。だが、外城衆徒の面々も承知だったのだ。

眉月は辺りを見回した。

（どこにいるのか）

外城衆徒の人影は岩場のどこにも見えなかった。だが、必ずや一ノ口、二ノ口、三ノ口に分かれて観音淵へと落下する曾木の瀑布の、複雑な地形の岩場のあちらこちらに身を潜めていると思った。

（高すっぽさん）

胸の中で助けを呼んだ。

高すっぽさんが独りで来るとしたら、いくら剣術に長《た》けた若者でも嬲《なぶ》り殺しに遭わないか。

（来なくていいわ）

眉月は矛盾した考えに惑わされて、そのときを待っていた。

月光に蒼く照らされた川内川の上流を流木がゆっくりと流れていた。

若者は、外城衆徒の呼び出しの場所が曾木の瀑布上の岩場と文で知らされたとき、

（己の命に代えても眉姫様を助ける）

と胸に誓った。

多勢の外城衆徒と無勢の若者の戦いの場としては、どちらに有利とも不利とも言い切れなかった。

外城衆徒は、開けた瀑布の上の岩場に、毒を鏃《やじり》に塗った弓衆を大勢配しているはずだ。どこから現れようと毒矢で仕留めるのに都合よく開けた場所だった。

一方、若者はこの瀑布で夜な夜な独り稽古を続けてきたのだ。流れも岩場もすべて熟知していた。そして、激流の怖さも凄味も狗留孫峡谷の滝壺で経験していた。

流木はだんだんと曾木の瀑布へ近付いていた。

「流木がこちらに向かって流れてきますぞ」

毒矢を構えた弓衆の一人の報告に、新しく防人魏三郎に就いた有村太郎次が上流を見た。

二股に分かれた大きな流木が、川内川の中ほどを一本松の聳える岩場に向かって接近していた。

「あやつ、流木の陰に潜んでおらぬか」

有村太郎次が言った。

そんな会話が眉月の耳に入った。

「弓衆、流木を狙え。だが、あやつの姿を確かめたうえで矢を放て」

と命じた。

太郎次は用意していた革袋から手造りの爆裂弾を取り出した。

琉球在番の役目を利して、異人から買い求めた爆薬だ。和製の爆薬より何倍も威力が強かった。

流木は、瀑布まであと一丁と迫っていた。


若者は峠道から麓館に駆け下りてくると、曾木の瀑布に流木が流れ下る速さを勘案しつつ、川内川の葭原に流木を探し廻った。そして、手頃な流木を見つけると緩やかな流れに乗せた。そのうえで若者は、韋駄天《いだてん》走りに曾木の瀑布下の観音淵に向かったのだ。

荒れ狂う滝の水に抗して岩場から岩場を伝い、二ノ口の滝下に辿り着いた。

腰の大和守波平をしっかりと手挟《たばさ》み直し、

(オクロソン・オクルソン様、いま一度お助けを)

そう願うと、敢然と滝を攀《よ》じ登り始めた。そして、曾木の瀑布の轟々たる音を蟬しぐれのようだと思いながら這《は》い上がっていた。

滝の落下に抗《あらが》って岩場を手探りで攀じ登っていく。手を差し伸ばして岩を摑み、体を引き上げては足がかりを探った。そうしながら高さ四十尺ほどの滝を登っていった。狗留孫峡谷での石卒塔婆登りの感覚が役立っていた。

滝の轟音が蟬しぐれに変じて若者の耳に心地よく響き渡った。そして、

(己は未だ地中に生きる蟬の蛹《さなぎ》だ)

と思った。

「まず一本矢を射てみよ」

有村太郎次が流木に射掛けよと命じた。

月明かりの下で弓弦《ゆづる》の音が響き、流木に突き立った。

それを確かめた太郎次は種火を取り出し、滝の水がかからぬようにして爆裂弾の火縄に火を近付けた。

渋谷重兼に指揮された麓館の外城衆中たちが曾木の瀑布の左岸と右岸に到着したのはその直前だった。

重兼は右岸の高台から曾木の瀑布の全景を見下ろした。

月明かりの下、眉月と思える人影が赤松の一本松に括《くく》りつけられているのが分かった。

「眉姫様ですぞ」

大前志満雄が囁いた。

赤松は曾木の瀑布の真ん中、二ノ口の岩場に立っていた。

岩場のあちらこちらに外城衆徒と思える人影が見えた。

その数、四、五十人はいると重兼は推量した。外城衆徒の主力の者たちが、薩摩の国境の山を離れて曾木の瀑布に集まっていると考えられた。それをさせたのは若者の技量だ。

「大前、弓方を急ぎ外城衆徒の弓衆の背後に接近させせよ」

「はっ」

大前の下知《げち》で麓館の弓方が一ノ口へと急ぎ駆け下っていった。

重兼は、左岸に横目の伊集院幸忠率いる麓館の軍勢が到着し、三ノ口に接近していくのを見た。

「殿、高すっぽはどこにおるのでございますか」

六之丞が問うたとき、瀑布の上流部から流木が流れてくるのが月明かりに見えた。

「殿、高すっぽは流木に縋って一本松に忍び寄るつもりですぞ」

六之丞は推量した。

外城衆徒も同じことを考えたとみえて、弓衆が流木に向かって次々に矢を放った。

流木に高すっぽがしがみついている気配はなかった。それでも外城衆徒らは流木を注視していた。

(さあて、名無しどん、流木の下に隠れて眉月へと接近しているのか)

重兼が自問したとき、赤松の岩場で火がちらちらと見えた。

「なんと外城衆徒め、爆裂弾の如きものまで所有しておるか」

重兼は驚きをもって見た。

いかに重豪と齊宣父子の対立が薩摩藩内の支配体制をおろそかにしたかを改めて思い知った。

若者は激しい滝の水に抗して一手一足と曾木の瀑布の二ノ口へと登った。ひた

すら登り続けた。そして、胸中で、

（オクロソン・オクルソン様、われにいま一度力をお貸しくだされ）

と繰り返し祈願しつつ、手足を動かした。

激流が圧倒的な力で若者を岩場から引き剝《は》がそうとした。だが、若者は必死で耐えた。すると再び、曾木の瀑布の水音が蟬しぐれのように若者の耳に響いてきた。

力が蘇ってきた。

（光を見るために力を絞り切れ）

己に言い聞かせながら一手一歩激流の中を這い上がった。

脳天を打ちつける滝水が不意に和《やわ》らいだ。

若者の視線に、十三夜の月を背景に一本松の頂きが見えた。

（よし、もう少しぞ）

若者が最後の足がかりを探し、上体を上げたとき、一本松の岩場からなにかが上流に向かって飛んでいき、
ぼーん！

というくぐもった爆裂音とともに流れの一角に大きな水しぶきが上がった。

「太郎次様、流木もろとも吹き飛びましたぞ」

滝の水音を割って途切れ途切れに言葉が聞こえた。

有村太郎次は砕け散った流木を眺めていたが、首を横に振るのが分かった。

若者は砕けた流木が身に落ちかかるのを避けて、滝水の中にいま一度身を潜めた。

二

若者が次に滝の水から顔を上げたとき、かたわらを、爆破された流木の最後の破片が滝下へと落下していった。

蟬しぐれが滝の水音へと変わった。

（未だ闇の中か）

眉月の悲鳴が若者の耳に届いた。

次の瞬間、若者の体は無意識のうちに滝上の虚空に飛び上がり、岩場に着地すると同時に、赤松の根元に縛られた眉月のもとへ走った。

虚空にいた短い瞬間、若者の眼は、赤松の幹元に眉月が縛られ、その右、左と上流部にそれぞれ弓を持った外城衆徒が立哨《りっしょう》しているのを確かめていた。

さらに防人魏三郎こと有村太郎次、矢筈猿之助と思しき男の影が右岸に寄った岩場に立っているのが見えた。

まさか滝下から曾木の瀑布を這い上がってくるとは外城衆徒も考えていなかったと見えて、若者の出現に対応が遅れた。それでも異変を感じ取ったか、有村太郎次が振り向くと一瞬虚空にある若者を見て、柞《ゆす》の長棒を振り上げ、蜻蛉に構えた。

齢百八十八を自称する矢筈猿之助と弓衆の三人も気付いた。

再び若者の耳に蟬しぐれが高鳴って響いた。

若者は虚空でずぶ濡れの体を前屈みにして腰の大和守波平の鞘に手をかけ、
くるり
と回した。

寸毫の間に上刃が下刃に変わっていた。

岩場に着地した瞬間、右手が波平の長い柄を握って抜き上げた。このとき、若者は下刃にさらに捻りを加えて峰に変えた。

一方有村太郎次の長棒の木刀が、掛かりの早業で打ち込まれた。

両者の仕掛けはほぼ同時だった。

月光の蒼い光を映した刃が太郎次の腰から胸へと奔《はし》り、長棒が若者の額に触れんとしたところで、憤怒の刃の峰が太郎次の腰骨を強打していた。

骨が折れる鈍い音が滝音とともに響いた。

「ああっ」

柞の長棒を落とした太郎次の体が腰から崩れ落ちて、意識を失ったか、身動き一つしなかった。

もはや若者の狙いは次に移っていた。

背後に眉月の気配を感じながら外城衆徒の長に視線が向けられていた。一度薩摩灘に突き出した戸崎鼻で見た怪異の顔だった。

防人魏三郎の下で、外城衆徒を束ねてきた矢筈猿之助が毒矢を番《つが》えた三人の手下らに甲高い声で命じた。

弓が若者に向けられた。

若者は弓衆の矢の前に立ち塞がるように飛んで刃を振るい、ハの字に斬り分けた。

蒼い光が躍って二人が斃れた。

刃が矢筈猿之助に向けられた。

渋谷重兼は、一ノ口を見下ろす岩場から若者の出現を見ていた。

「高すっぽめ、曾木の滝を攀じ登ってきましたぞ、殿」

郷士年寄の大前志満雄が叫んでいた。

「あの名無しどんは、狗留孫峡谷の石卒塔婆の頂きへと三七《さんしち》二十一日の間、願かけ行《ぎょう》のために登り下りしていたのじゃ。あれくらいのことはできよう」

重兼が得心した声で答えていた。

一本松のある岩場とは別の岩場に潜んでいた外城衆徒たちが殺到しようとしたところに、その背後から麓館の面々が大弓《だいきゅう》を放つのが見えた。

背後からの奇襲に外城衆徒の面々がばたばたと岩場に斃されていった。

背後に敵がいることを知った外城衆徒が振り返り、曾木の瀑布の右岸と左岸から放たれる大弓勢に向き合い、応戦態勢に入った。

戦いの先陣を切ったのは若者だ。

一瞬遅れて外城衆徒が反撃に移り、そこへ麓館の渋谷一族が眉月を助けんと殺到した。

若者が一本松に縛りつけられた眉月のもとに跳び退《さ》がろうとしたところで、外城衆徒の弓衆の毒矢が眉月に向けられているのを見た。

矢筈猿之助が滝音に抗して若者に叫んだ。

刀を捨てよ、と命じているのだろう。

先手が後手に回らされた。

（万事休すか）

そのとき、眉月と若者は視線を交わらせた。

眉月の口の動きと眼差しが若者に訴えかけていた。

（高すっぽさん、あなたと一緒に死ぬのなら眉は本望です）

曾木の瀑布の轟音で眉月の声は聞こえない。だが、眼差しと口の動きで若者は悟っていた。

若者は、弓衆を見た。

狙いを外す間合いではない。

若者は意を決した。

（眉姫様と一緒に川内川の流れに、曾木の瀑布に命運を託す）

ゆっくりと刀を鞘に納め、腰から抜くと、矢筈猿之助のほうへと薩摩拵えの長い柄を先にして差し出した。

若者が敗北を認めたと思ったか、安堵した矢筈猿之助が薩摩拵えの刀の柄を摑もうと手を差し伸べた。

その瞬間、曾木の瀑布にひと際高い弓弦の音が左岸側の岩場から響いた。

一本の矢が流れの上を飛び、岩場で眉月に矢を向けていた外城衆徒の弓衆の背から胸へと突き抜けた。

弓の名手、横目の伊集院幸忠が満身の力を込めて放った大弓の矢が、毒矢を持つ外城衆徒の背を見事に射貫いたのだ。

島津家領地日向 都 城《みやこのじよう》で造られた薩摩弓ならではの飛翔力と破壊力だ。

島津氏の血を引く北郷義久《ほんごうよしひさ》が抱えていた弓師以来の伝統もあり、都城付近は良質な竹と櫨《はぜ》の産地でもあった。

温暖な気候と豊かな土壌で育った三年ものの真竹《まだけ》と櫨で、二百もの工程を経て造られる都城大弓は、しなやかな曲線を有し、矢を放った瞬間、澄み渡る弦音《つるおと》がした。そして、矢は曾木の瀑布の上を効率よく飛んで、毒矢を構えた短弓を持つ外城衆徒の背中を射貫いたのだ。

矢筈猿之助が大和守波平の柄を握り、己のほうへと引っ張った。

若者は鞘尻《さやじり》を摑むと、こちらも引っ張りながら岩場を飛んで眉月を背中に庇《かば》った。

大和守波平は鞘と本身《ほんみ》が、若者と猿之助の手にそれぞれ分かれて握られた。

若者は有村太郎次が手にしていた柞の長棒へと転がり、片手で摑むと同時に波平の鞘を猿之助に向かって投げつけた。

猿之助は、大和守波平を握り直し、もう一方の空手で、投げられた鞘を払い落とした。それでもその咄嗟の動きの間に若者は長棒を手に岩場に立ち上がっていた。

猿之助と若者は、抜き身の波平と長棒を手に睨み合った。

野太刀流の早捨《はやしや》の構えで二人は対決していた。

若者は五尺五寸余の長棒の木刀を持ち、猿之助は本身を構えていた。

早捨の「出し役」が若者であり、抜き身の波平を構えた猿之助が「打ち役」だ。

若者は槍折《やりお》れの構えをとった。

野太刀流の早捨では、「出し」は長棒をぐるぐる回しながら間合いを詰め、木刀を持った「打ち」は右蜻蛉に構えをとる。

猿之助は右蜻蛉に波平を構えた。だが、薩摩武士の蜻蛉の構えとは違い、右手一本で虚空に突き上げていた。

渋谷重兼は、外城衆徒と麓館の者たちが弓矢を捨て、刀を握って乱戦状態に入ったのを見ながらも、赤松の岩場の対決に注目した。

若者は半身の体勢で長棒の木刀を小脇に保持し、猿之助は、右手一本で刀を右蜻蛉に構えていた。

赤松の立つ岩場は、せいぜい二十畳ほどの広さであった。

二人は一間余で対峙していた。


薩摩の国境を代々守ってきた外城衆徒を率いる防人魏三郎の腹心にして齢百八十八の老人矢筈猿之助は、片手一本の右蜻蛉に左手を添えるように上げていった。

若者はその動きの意味を探っていた。

咄嗟に、眉月を背後にした位置からゆっくりと左に飛んだ。

その瞬間、猿之助の左手が捻られた。だが、それは偽装だった。口から含み針が動きを止めた若者の眼に向かって飛んだ。

ひょい
と小脇から抜き出した木刀で両眼の前を塞いだ。その瞬間、含み針が木刀に二本、三本と突き立った。

左手を柄に添えた猿之助の右蜻蛉の波平が、若者に向かって迷いなく袈裟懸《けさが》けに振り下ろされた。

若者は両手で胸前に保持した木刀で波平の刃を受けた。

ばさり
と十年余も乾かした木刀が両断された。

若者の左手には三尺余の柞の木刀が、右手には二尺五寸余が残された。並みの長さの木刀ならば、小太刀ほどの長さ二つに切り分けられただろう。だが、薩摩の木刀は乾かした柞の棒で、長短いろいろあった。

有村太郎次が携えていた木刀は長棒だ。

若者は、両断された長棒を二刀流に構えて、眉月の前に跳び戻った。

その間に猿之助は波平を左蜻蛉に構え直していた。

一瞬の睨み合いのあと、猿之助が虚空に飛んだ。

若者が驚くほどの跳躍力だ。

左蜻蛉の斬り下ろしを虚空から放とうという魂胆か。

若者は眉月の気配を背後に感じながら、高みからの左蜻蛉を受けることになった。

（眉姫様は守り抜く）

若者にはその一念しかない。

圧倒的な力が若者の長軀を押し潰そうとした。

曾木の瀑布の下から風が吹き上げてきて、水しぶきとともに猿之助の体を一瞬包み込んだ。

若者の体も揺らいだ。だが、赤松を背に負っているだけに両足で立っていられた。

若者は、虚空で揺らぐ猿之助に、右手に構えていた木刀を投げた。

ごつん

と鈍い音がした。それでも猿之助が若者に襲いかかってきた。両手には未だ蜻蛉に構えた波平があった。岩場に腰を沈めた姿勢で着地し、伸びあがるように立ち上がった猿之助が、渾身の斬り下ろしを企てた。

一方、若者は左手に残った柞の長棒の片割れで、踏み込みざまに猿之助の鳩尾《みぞおち》を突き上げていた。渾身の力を込めた突きだ。

「ぐえっ」

と呻いた猿之助が岩場に崩れ落ちた。

「ふうっ」

と息を吐いた若者が猿之助の手から波平を取り戻し、曾木の瀑布の両岸の戦いを確かめた。

外城衆徒は曾木の瀑布上の岩場に散っていた。

一方、麓館の面々は両岸から攻め込んでいた。有利に攻めているのは麓館の渋谷一族で、両岸から攻められて逃げ場を失くしているのは外城衆徒の面々のようだと若者は戦いの推移を見てとった。

若者は眉月を振り返ると波平で縛《いまし》めの縄を切った。そして、眉月に怪我がないか確かめた。

眉月が若者に抱きついてきた。

若者は、

（よう頑張った）

というふうに眉月の体を両腕で優しく包み込んだ。

眉月の忍び泣きが若者の耳に届いた。

二人は赤松の下で抱き合っていた。

「えいえいおー」

不意に勝鬨《かちどき》が曾木の瀑布に響き渡った。それは麓館の面々が眉月を助けるために外城衆徒を制圧した凱歌だった。

若者は両腕を解くと、眉月の顔を見た。

眉月も涙と水しぶきに濡れた顔で若者を見返した。

若者は何度も頭《かぶり》を振り、眉月と再会できた喜びに浸っていた。

「高すっぽさんが助けに来てくれると信じていたわ」

眉月の言葉を背に、若者は岩場に転がっていた波平の鞘を探し、薩摩拵えの名刀を納めた。そして、腰に差し戻すと、眉月を立たせ、その前に後ろ向きにしゃがんだ。

「どうしろというの」

若者は、背に負ぶされというふうに仕草で示した。

背負って岸辺に戻ろうとする若者の考えが伝わった。

「眉、怪我はなきか」

岸辺から滝音の響きを割って重兼の声が聞こえた。

眉月は、大丈夫というふうに手を振り、若者の背に負ぶさった。

濡れそぼった若者の衣服を通して体温が眉月に感じられた。

(私は高すっぽさんに負ぶわれている)

眉月の胸の中にじんわりとした温もりが生じていた。

若者もまた眉月の柔らかな体の重みを感じながら、赤松の岩場から次の岩場へと、右岸のほうへ軽々と飛んでいた。

「高すっぽさん、夜中の稽古場だものね」

眉月の言葉に若者が頷いた。

「私、初めてよ」

なにが、という顔を背中の眉月に若者が向けた。

「負ぶわれたことよ」

眉月は、くすくす、と声を上げて笑った。

若者は眉月の肌の温もりを感じながら、

(この温もりを知っている)

と考えていた。

冬の川内川で半ば死にかけていた己を助けてくれたのは眉月の温もりだった。

そして、いま、同じ温もりを背中に感じていた。

「私たち、川内川の流れが取り持ってくれたのね」

(……ああ、そうだ)

「命を助けられたのはこの川のお蔭よ」

若者の背中が大きく頷き、眉月はその直後、若者に背負われたまま一ノ口の流れの上を飛ぶ自分を驚きの目で見ていた。

蒼い月明かりが二人の若い男女を優しく照らしていた。

最後の岩場から岸辺に飛んだとき、

「眉姫様」

老女秋乃の泣き声が聞こえた。

「秋乃、私は大丈夫よ」

と応じた眉月を若者がしゃがんで下ろした。

「爺様、心配をかけました」

眉月が重兼に詫《わ》びの言葉を言った。

「こんどは名無しどんに助けられたな」

重兼が応じたとき、若者は再び曾木の瀑布上に立つ赤松へと引き返していった。

「どうしたの、高すっぽさん」

眉月が悲鳴のような声を上げた。

その視線の先で軽々と岩場を伝い飛んだ若者は、防人魏三郎こと有村太郎次の

体を肩に担ぎ上げ、さらに矢筈猿之助を小脇に抱えると、再び岩場を伝い、平然と戻ってきた。そして、重兼の前に、

どさり、どさり

と太郎次と猿之助の体を転がり落とした。

どちらの口からか呻き声がした。

「高すっぽ、こやつ、何者か」

宍野六之丞が質すと、

「六之丞、灯りを近付けて見よ。おぬしが戸鼻崎で取り逃した有村太郎次よ」

と重兼が応じた。

「うむ、こやつが琉球在番有村太郎次でしたか」

と改めて得心した六之丞が提灯《ちょうちん》の灯りを移し、もう一人の、外城衆徒の長の顔を照らした。

灯りが無数の深い皺《しわ》が刻まれた妖し気な容貌を浮かばせた。自称百八十八歳の矢筈猿之助の面は曖昧模糊として、そう言われればそう見えなくもない。

「こやつのことを知る者は城下士の中にも少なかろう。名無しどんが生かして捕まえたのだ。こやつと矢筈猿之助は鹿児島に送ることになろう。六之丞、二人を

決して死なせてはならぬぞ」

重兼が命じ、六之丞がはっと畏まって、舌を嚙まぬよう次々に猿轡をかませた。

「殿、制圧してございます」

麓館の郷士年寄の大前志満雄が重兼に復命した。

「よし、生きておる者は鹿児島に送ることになる。怪我人は治療せよ」

と大前に命じた重兼が国境の山を見た。

夏のことだ。

東の空が白み始めていた。

「殿、国境に残った外城衆徒も、それぞれ討伐隊に制圧されておりましょうな」

組頭の永山真造が言った。

うむ、と重兼が頷いて曾木の瀑布の戦いは終わった。

「眉姫様、麓館まで歩いてもらわねばなりません」

と秋乃が言うのへ、眉月の視線が若者に向けられた。

若者が背を向けてしゃがみ、眉月が再び負ぶわれた。

「秋乃、さあ、館に帰りますよ」

眉月の声が朗《ほが》らかに響いた。

三

蟬しぐれが朝から麓館の夏を彩るように響いていた。

若者は薩摩入りを目指して豊後関前を旅立って以降、三度目の蟬の声を全身に感じていた。

麓館では曾木の瀑布での戦いから数日間、大混乱が続いた。

本藩の大目付浜崎善兵衛らを中心に城下士が慌ただしく動き回り、なんとも多忙な時が続いた。

観音淵では、何日にもわたり外城衆徒の骸の回収作業が行われた。一方、その間に外城衆徒を率いてきた防人魏三郎こと有村太郎次と矢筈猿之助の二名は、城下士たちの手で唐丸籠《とうまるかご》に乗せられて鹿児島へと運ばれていった。

怪我人らは医師黒田頓庵の診療所に運ばれ、治療が行われた。

その数は麓館の家臣や「外城衆徒」を含めて十数人に及んだ。

頓庵先生は、

「身は一つじゃぞ。一体全体、わしにどれほど働かせるつもりか。好きな焼酎を飲む暇もなかど」

と言いながらも、弟子や麓館の女衆に手伝わせて、せっせと治療に当たった。

日向から肥後にかけての薩摩の国境のあちらこちらで外城衆徒の根拠地が次々に潰されていった。

鹿児島藩島津家七十二万石の威信をかけた国境の改革だった。

そんな騒ぎをよそに眉月は、領内の麓飛鎌《ふもととびかま》神社に若者を連れ出した。

若者が鹿児島藩の内乱に関わっていることを藩内外に知られるのは島津家にとって決して都合のよいことではなかった。ゆえに若者は、大騒ぎの中で見て見ぬ振りをされた。

「高すっぽさん、騒ぎが鎮まれば麓館を出て行くのよね。だから、一緒にいられるときは一緒にいたいの。少しでもあなたのことが知りたいから」

眉月は若者を連れ出す理由をそう告げた。むろん眉月の本心だった。一方で若者が外城衆徒討伐に加わっていた事実は秘された。ために眉月の勾引《かどわか》し騒ぎはなかったことになり、外城衆徒討伐作戦も城下士の手によって行われたこととして収束に向かっていた。

若者は黙って眉月の話を聞いていた。腰に下げた矢立の筆にも手を伸ばさず、ただにこにこしながら眉月のお喋りを聞いていた。

麓飛鎌神社から戻った眉月は、若者が首にかけている革袋にお守りを一緒に入れてよいかと願った。この神社のお守りには飛鎌が家紋のように描かれていた。

若者が頷くと、関前神社のお守りと油紙に包まれた母親の短い文と一緒に革袋に入れた。革袋は二度も水を潜り、傷《いた》んでいた。その解《ほつ》れを眉月が一針一針丁寧に縫《ぬ》って繕《つくろ》っていた。

「これでいいわ」

と言って若者の首にかけ直した。

その夜、二人が麓飛鎌神社に参拝に行ったと聞いた重兼は、

「眉、飛鎌神社の由来を承知か」

と尋ねた。

「爺様、知りませぬ」

「江戸生まれのそなたらは知るまいな。永禄《えいろく》年中（一五五八〜七〇）のことじゃ。島津氏が菱刈氏と戦ったとき、島津勢はこの近くの古城市山城《いちやまじょう》にあり、一方の菱刈一族は大口城に立て籠った。じゃが、力が拮抗《きっこう》しておってな、お互い攻めあぐ

ね、長い対陣になった。そんな折りのことじゃ。島津側の陣中にどこからともなく鎌が飛んできて落ちたという。島津軍ではこれは瑞兆《ずいちょう》の証《あかし》とし、鎌を陣中の神社に祀《まつ》ったところ、次の戦いで大口城は落城し、菱刈軍は降伏したそうな。以来、鎌は麓神社のご神体となり、麓飛鎌神社と呼ばれるようになったというのじゃ。飛鎌のお蔭か、遠くに離れていてもご神体の鎌が相手に想いを通じさせてくれるというのじゃがな」

眉月は重兼の話を聞いていたが、

「爺様、飛鎌様はどのような想いも遠くにいる人に伝えてくれますか」

「さあて、爺は試したことがないでな」

と重兼が首を捻り、

「まあ、鰯《いわし》の頭も信心からと言うでな、信じて願えば飛鎌様が相手に想いを伝えてくれよう」

と孫娘の気持ちを察して言い添えた。

「そういたします」

眉月が真剣な顔で答えた。

若者は筆を手にし、

「波平の刃の毀《こぼ》れ、いかがにございますか」

と認めた紙片を重兼に渡した。

若者が渋谷重兼から借り受けていた薩摩拵えの大和守波平は、騒ぎのあった翌日に刀の研ぎができるという家来に渡され、急ぎ手入れがなされていた。

「おお、明日にも研ぎ上がろう。刃に大きな毀れはない」

重兼が答え、名無しの若者と眉月を交互に見た。

麓館に運ばれてきて一年半余が過ぎ、若者は十八歳の若武者に成長していた。眉月も十六歳の美しい娘に育っていた。

別れの刻《とき》が迫っていた。

そのことを若者も眉月も重兼も、麓館の全員が承知していた。

麓館から城下士が一人残らず鹿児島に向けて去った翌日、重兼は舟を出させて眉月と若者を乗せ、川内川の上流へと遡らせた。

この流れが若者の薩摩入りを助け、命を救ったのだ。また、眉月が囚われた曾木の瀑布上での戦いで若者が眉月を助け出せたのも、この川内川の流れがあったからだった。

流れはこの一年半余の出来事のすべてを承知していた。

「名無しどん、こたびの騒ぎが薩摩藩島津家にどのような影響を及ぼすか、わしは危惧しておるのじゃ」

重兼が不意に言い出した。

「こたびの外城衆徒の討伐は齊宣様の命で行われた。齊宣様が登用された中士や下士の面々で組織された近思録派が中心になってな。殿の命ゆえ、それはそれでよしとしなければなるまい。じゃがな、本藩の重臣どもの一部には、国境の防人を長年務めてきた外城衆徒の一掃を快《こころよ》く思うておらぬ者もいる。この者たちが江戸の栄翁様に訴えたとの話がわしの耳に入っておる。かように薩摩藩島津家が、隠居の栄翁様派と当代の齊宣様派に二分されることは、決してあってはならぬことじゃ。江戸から栄翁様がどう言うてこられるか、それを案じておる」

と重兼が嘆息を洩らした。

重兼は重豪の御側御用を務めていただけに、重豪の気性をとくと承知していた。

「わしはこたびの外城衆徒を討伐した一件が、先代様と当代様の対立の要素にならぬことを願うておる」

重兼の祈るような言葉に若者は黙って頷いた。

「名無しどん、江戸から栄翁様のお考えが薩摩に伝わらぬうちに、そなたは薩摩を出よ」

重兼が命じた。

予測されていた言葉だった。

船中の若者は畏まって承《うけたまわ》った。

眉月は別離の宣告に耐えていた。予測されたことだった。だが、眉月の胸の中を虚しさが風のように吹き抜けていった。

若者は矢立の筆で、

「明朝出立いたします」

と紙片に認めた。

その文字を見た重兼が、

「眉、今宵、別れの宴をなそうか」

と言った。

若者は、地中を出て光の中に出るときが来たことを改めて悟った。

眉月が若者の手を握った。

その夜、麓館では殿の渋谷重兼、眉月、それに郷士年寄の大前志満雄、組頭の永山真造、横目の伊集院幸忠ら若者と関わりがあった面々が奥屋敷の広間に集い、別れを惜しんだ。

若者は、薩摩人が喜びにつけ哀《かな》しみにつけ飲む焼酎を一滴も口にしなかった。口が利けない若者は、ただその場にあってにこにこと笑みを絶やすことはなかった。

重兼が、

「今宵の宴は、外城衆徒との戦に勝ちを得た祝い、それと名無しどんが新たなる地を求めて武者修行に旅立つめでたい祝いが重なってのことじゃ。無礼講じゃ」

と宣告したので、いつも以上に焼酎の盃が忙しく酌み交わされた。

「名無しどん、承知か」

宍野六之丞が若者の前にどさりと音を立てて座り、言い出した。

その隣には眉月が座していた。

「なにを承知かと六之丞は尋ねられます」

若者に代わって眉月が訊いた。

「薬丸新蔵どんが江戸に出て、あちらこちらの道場で腕試しをしておるげな。ただ今のところ、新蔵どんの『掛かり』の一撃を凌《しの》いだ武芸者はおらんとか。俄《にわ》かに江戸で野太刀流が武名を挙げておる」

六之丞の言葉に若者が満足げに笑った。

「六之丞、鹿児島でん、新蔵の相手になる者はおらんでな」

横目の伊集院幸忠が話に割り込んできた。

「横目様、そげんことはなか。ここにおいもんど」

六之丞が若者を見た。

「おお、鹿児島の具足開きでの、新蔵と名無しどんの打ち合いは互角じゃった。あれほど激しか立ち合いは見たこともなかと、だいもが言うちょった。どっちが『出し』で、どっちが『打ち』かも分からんかった」

とあの場にいた伊集院が言った。

「おいも見たかった」

あちらこちらで声が上がった。

「殿」

六之丞が重兼を見た。焼酎の酔いのせいか、いつもより声高になっていた。

「薬丸新蔵どんと、こん名無しどん、どっちが強うございますな」

その問いに重兼はしばし沈思し、

「こん名無しどんも新蔵も、具足開きでは力を出し切ってはおらぬ。薬丸新蔵の真の狙いは、東郷示現流相手に己の力を見せつけることにあったのじゃからな」

重兼は具足開きの新蔵と若者の打ち合いの経緯と模様を一座に語り聞かせた。

若者は新蔵の野太刀流が江戸で評判になるのは当然と考えていた。

戦国時代の剣風を残した野太刀流の一撃を受け止められる武芸者は、江戸にもそうはいまい、と思っていた。

だがその一方で重兼は、薬丸新蔵が江戸で武名を挙げることこそが、薩摩藩にとって差し障りとなるのではないかと考えていた。

「名無しどん、頼みがある」

と重兼が若者を見た。

なんでございますか、と若者が重兼の顔を正視した。

「そなた、薩摩にて薩摩剣法を学んだな。じゃが、そなた、本来の剣術をわれらの前で披露したことはない。どうじゃ、惜別の宴の余興というたら怒るか。薩摩から得た剣術のお返しに披露してくれぬか」

と重兼が言い出した。

重兼はすでに若者の出自を承知していた。ためにこう頼んでみたのだ。

しばし沈思した若者がゆっくりと首を垂れて承った。

「六之丞、研ぎ上がった波平を名無しどんに渡せ」

「はっ」

と畏まった六之丞が次の間に向かった。

薩摩に来て一年半余、薩摩拵えの大和守波平を重兼から借り受けていた。

曾木の瀑布の水を浴び、岩場での戦いで有村太郎次を仕留めていた。そのために研ぎと手入れが行われていた波平が六之丞から若者へと手渡された。

「曾木の岩場でそなたが有村太郎次に使うた技は、『抜き』であったな。ようも一年半余の間に会得したものよ」

六之丞が言った。

若者はただ微笑みを返しただけだった。

「そなたの正体を見せてくれ」

六之丞が己の膳の前に戻ると、若者は己の膳を前に押し出した。麓館の外城衆中一統が見つめる中、広座敷の真ん中に立ち、ゆったりとした動作で重兼に向かって座した。

若者は、直心影流の極意「法定四本之形《ほうじょうしほんのかた》」のほかに、薩摩剣法を修得したお礼代わりに残せるものはないと考えていた。

この極意披露は、本来木刀で行われるものだ。ゆえに「木刀四本の形」とも「惣名法《そうみようほう》」とも呼ばれた。公《おおやけ》の法定は、剣法の正道を学ぶ形ゆえに、「如此云也《このごとくいうなり》」

と説明した。

また極意伝開は、打太刀と仕太刀の二人で行われる。

若者の父は若者に、独りでも繰り返し稽古できるように真剣で教え込んだ。

渋谷重兼に一礼して若者が立ち上がると、波平を腰に手挟んだ。

眉月は、若者のその動きだけでさらに大きな高すっぽに変じたと思った。

その場にいた皆も眉月と同じように考えたか、嘆息する声があちらこちらから洩れた。

真剣一本目。

若者は八相に構えた。

一見、野太刀流の蜻蛉に構えは似ていた。

だが、野太刀流の蜻蛉が力動的で攻撃性を秘めた構えならば、若者がとった八相は、神韻縹渺《しんいんひょうびょう》とした、静的で守りを重視した趣《おもむき》があった。この若さであたかも極意を会得したかのような挙動だった。

重兼はこの構えを見たときに、若者の出自が確かなものであったと気付いた。八相、一刀両断《いっとうりょうだん》、右転左転《うてんさてん》、長短一味《ちょうたんいちみ》と極意がゆるゆると進むうちに一座の者は言葉を失い、若者の動きを見つめていた。

東郷重位が創始した示現流や野太刀流の一撃必殺、寸毫の間を会得する剣術とは対照的に、永久を感じさせる時の流れに剣術の深淵と理《ことわり》が込められていた。

若者が重兼に向かい、正座に戻ったとき、一座の皆が、
はっ
と正気を取り戻していた。

眉月は、若者が別の人物であったことを不思議な気持ちで見つめていた。

若者は長屋に戻ると、長い書状を二通書いて一睡もせずに最後の夜を過ごした。その書状を携帯し、薩摩から肥後への峠を越えようと考えていた。

昨夜、若者が極意披露を終えたとき、重兼は若者に、

「薩摩土産《みやげ》じゃ、その波平を携えて薩摩を出よ」

と言い、若者はただ一礼して厚意を受けた。

「六之丞、国境の峠まで名無しどんを見送れ」

と重兼が命じた。

その刻限が迫っていた。

旅仕度は眉月と秋乃がすべて整えてくれた。

長屋の前に気配がして、

「名無しどん」

と六之丞の声がした。

若者は戸を開けて、同行者に一礼した。

重兼が六之丞に薩摩出国を見届けさせるのは、外城衆徒らの残党に備えてのことと若者も六之丞も考えていた。あるいは鹿児島本藩からの命によって出国を確かめるかの、どちらかだろうと思えた。

「参ろうか」

六之丞が若者に声をかけ、二人は麓館の大門を出た。

すたすたと歩き出した若者に、麓館の石垣の上から声がした。

「高すっぽさん、またきっと会えるわね」

眉月の声だった。

その両腕には頓庵先生からもらい受けた黒猫が抱かれていた。黒猫は高すっぽの命を救った一匹だった。

眉月は、黒猫に高すっぽの名を密かにつけていた。これから高すっぽがいない麓館で黒猫の名を呼びながら過ごすのだ。

若者は声の主に向き直り微笑みを返すと深々と頭《こうべ》を垂れた。その胸に黒猫を抱きしめながら眉月が忍び泣く声が伝わってきた。

四

大口筋の一つ、国見山地を越える久七峠《きゅうしちとうげ》は海抜二千四百余尺（七百三十二メートル）である。

峠下に住む猟師の名をとってつけられた地名で、この界隈の者は、

「くしちとうげ」

と呼ぶ。

寛政九年夏の終わり、二人の若い武士がこの峠に差しかかった。

西に傾いた光が峠の樹幹を射ていた。そして、夏の終わりを惜しむように蟬し

ぐれが二人を迎えた。

長身の若武者ともう一人の武士は最前から黙り込んでいた。

峠に到達すれば別れが待っていた。

宍野六之丞にとって別れは辛く、最前から口数が減っていた。

高すっぽ、名無しと薩摩で呼ばれてきた若者は、淡々とした歩みで馴染みの峠へと歩を運んでいた。

「また薩摩に来《く》っか」

六之丞が問うた。

麓館を出て、この一日、幾たび発せられた言葉であろう。

若者はいつものように微笑んで頷いた。

「おはんとは一語も言葉は交わしちょらんが、おはんとこん六之丞は生涯の朋輩じゃっど」

六之丞の言葉に首肯した若者の眼差しが峠へと移り、ゆったりとした歩みが止まった。

峠を圧倒するように、菅笠《すげがさ》を被《かぶ》った人影が一つ立っていた。

西日を受けた横顔とがっちりとした体付きに若者は見覚えがあると思った。

六之丞も気付いて、足を止めた。

「だぃさぁ」

六之丞が自問するように呟き、

「まさか外城衆徒の残党じゃなかろな」

と自らに問うた。

若者が首を振った。

「だぃな」

若者は胸中で、

（東郷示現流師範）

の一人だと確信した。

若者は六之丞に伝えることはできなかった。その代わり、ゆったりとした足取りで師範に近付いていった。

「待っちょったど」

壮年の武士が若者に言った。

若者は、

（なんの用事か）

という表情を師範に向けた。

「薬丸新蔵はとい逃がした。おはんは逃がすっことはでけん」

その言葉に六之丞は相手がだれか、およそ察したらしい。

「示現流の偉か方がなんの用事でございもすか」

六之丞は若者に代わって質した。

若者は咄嗟に推測した。

具足開きの場で薬丸新蔵に稽古を申し込まれた示現流は当然断った。御家流儀を誇り、門外不出の技を守り続けるため、公の場で武術を披露することはない。

薬丸新蔵の非礼を怒鳴り上げた人物が、この峠の主だ。

あの折り、満座の中で示現流から激しい拒絶にあった新蔵は思いがけない行動をとった。

新蔵は、見物人の一人である若者に向かって、相手を願ったのだ。そして、二人の若武者は野太刀流の激しい打ち合いをしてのけた。

薩摩の剣法は示現流だけではないことを藩主以下城下士のいる前で示したのだ。

傲岸《ごうがん》にも示現流に挑むような所業と二人の打ち合いの凄まじさは、鹿児島じゅうの評判になった。

野太刀流と示現流はいわば同根の流儀、技も稽古も重なっていた。その技の凄さを二人の若者が藩主齊宣以下城下士の前で、示現流の面々に見せつけたのだ。

　この薬丸新蔵の行動には、

「東郷示現流、なにするものぞ」

との気概が一心に込められていた。

　一方示現流の門弟衆には、

「薬丸新蔵に恥をかかされた。この所業許すまじ」

との考えが胸の底に蟠《わだかま》った。

　具足開きのあと、薬丸新蔵に追っ手をかけたが、新蔵は示現流の裏をかいて薩摩を出た。そして、江戸で野太刀流の武名を高めているという。

　いよいよ以て薩摩御家流儀示現流にとっては許されざることだった。

　若者は新蔵に向けられていた怒りの矛先がこちらに向いたと思った。

「薩摩では他国者にご流儀の技を伝えてはならぬ。この者、新蔵を通じて示現流の技を会得した。ゆえに国境を越える前に討ち果たす」

　相手が六之丞に向けて言った。

「なんと」

驚きの言葉を洩らした六之丞は、殿は、重兼はこのことを承知で六之丞を国境まで送らせたのかと考えながら、

「おはん、だいさあな」

と尋ね返していた。

「酒匂兵衛入道」

と聞いて六之丞が驚きの声を上げた。

示現流の門弟の中でも、酒匂兵衛入道は、汀江放船《ていこうほうせん》の奥義《おうぎ》を会得した高弟だ。

六之丞の知識では、汀江放船の教えとは、

「汀《みぎわ》は水際であり、敵と相対するときの源であり、敵に打ち向かう初めである。放船は艫綱《ともづな》を解いて船を押し出すことであり、敵と相対するときは目と目をじっと見合うや否《いな》やすっと踏み入り、敵を斬り臥《ふ》せる」

と単純にして明快な対決の極意をいう。だが、この教えを実行するのは難しい。

「名無しどん、示現流最上位のど偉い相手じゃっど」

六之丞は若者に告げた。だが、若者はただいつもの笑みを浮かべた顔で頷いただけだった。

しばし沈黙した六之丞が、

「酒匂どん、お尋ねしもす。こん勝負、剣術家同士の尋常勝負じゃろか。そいとも示現流当代の御命にごわんすか」

「案ずるな。おいと他国者の一対一の尋常勝負じゃ」

「あとに遺恨は引きもはんと言われもすか」

「いかにも」

六之丞が若者を見た。

若者は六之丞に頷き返すと、背中に負うた道中嚢《どうちゅうのう》の紐を解き、六之丞に預けた。

腰には薩摩拵えの大和守波平一剣だけがあった。

峠の上に立つ酒匂兵衛入道に若者が頷くと、酒匂兵衛入道はゆっくりと若者のほうに向かって歩を進めながら大刀を抜いた。

一瞬立ち止まり、右蜻蛉にすいっと構えた。

重厚な構えで隙がない、と若者は思った。

酒匂兵衛入道は眼光鋭い視線を若者に預けたままだ。

若者は、物静かに酒匂兵衛入道の視線を受けつつ、波平の柄に手もかけず淡々と間合いを詰めた。

「きえーっ！」

酒匂兵衛入道の口から猿叫が喚《わめ》かれた。

蟬しぐれが止まるほどの叫びだった。

坂を利しての運歩を始めた。だんだんと速さを増した。その速さが斬撃に伝わるのだ。

みるみる間合いが詰まった。

このとき、若者は波平の柄に手をかけ、そろりと抜くと、正眼《せいがん》に構えを置いた。

薩摩剣法は封じて、直心影流の正眼にて応じた。

酒匂兵衛入道の姿が若者を圧するように大きくなり、右蜻蛉の刀が迅速電撃の勢いで左袈裟懸けに襲い来た。

それでも若者は待った。

恐怖心を忘れてその瞬間を待った。

「ああー っ」

思わず六之丞が声を洩らした。

正眼の波平がゆっくりと動き出し、酒匂兵衛入道の必殺の斬撃を、なんと弾《はじ》いていた。そして弾きながら身を横手にずらした。

若者の体の右横を酒匂兵衛入道がすり抜けて、くるり、と体勢を変えようとした。

だが、久七峠の坂道で勢いがつきすぎ、間合いが開きすぎた。それでも左蜻蛉に豪剣を構え直した。

若者は再び正眼の構えに戻し、坂上に位置を変えたために長身が酒匂兵衛入道を見下ろすことになった。

六之丞は、ぶるっ、と身を震わせた。

若者は、波平を右八双に移した。

左蜻蛉と右八双、互いが斬り下ろしで決着をつけると考えた。

睨み合い数瞬のあと、ほぼ同時に両者が踏み込んだ、かに見えた。

「朝に三千、夕べに八千」

の猛稽古を何十年も積んだ酒匂兵衛入道の斬り下ろしに、若者は一瞬間をおいて相手を引きつけ、右八双の波平を酒匂兵衛入道の肩口に落とした。

二つの刃が久七峠を斬り分けた。

六之丞には、酒匂兵衛入道の背中でどちらの刃が相手に届いたのか見えなかった。

両者は存分に踏み込み、斬り込んだ姿勢で止まった。

酒匂兵衛入道の体の上に若者の顔が見えた。いつもより上気した顔だった。

長い刻が久七峠に流れた。
若者が、
すっ
と波平を引いた。
ゆっくりと酒匂兵衛入道の体が傾いていき、峠下の道にごろりと転がった。
若者はしばらく酒匂兵衛入道を見ていたが、静かに刀に血振りをして鞘に納めた。
「た、高すっぽ」
六之丞が若者を見た。
若者は胸の中で、
(一番勝負)
と呟いていた。そして、六之丞に頷き返し、道中嚢を受け取った。
「行くか」
六之丞の問いに頷いた若者は、酒匂兵衛入道の亡骸《なきがら》に合掌した。
蟬しぐれが酒匂兵衛入道の死を悼む読経《どきょう》のように降り始めていた。

宍野六之丞が麓館に汗みどろで戻ってきたのは、夜半過ぎのことだった。

渋谷重兼と眉月が、六之丞を奥屋敷の書院に迎え入れた。

六之丞の顔色を見た重兼が、

「なんぞあったか」

「と、殿、峠道に待つ人が」

と前置きした六之丞が興奮を隠せぬまま、久七峠の戦いの模様を語った。長い話になった。

その途中で麓館の郷士年寄大前志満雄、組頭の永山真造、横目の伊集院幸忠ら所三役が部屋に入って来た。

六之丞は途中から座に加わった三人に、こんどは落ち着いて話を繰り返した。

「殿、示現流の酒匂様は、薬丸新蔵の所業を許せなかったようですな。その矛先が名無しどんに向けられたのでしょうか」

具足開きの場に居合わせた伊集院が重兼に訊いた。

重兼はその伊集院の問いには答えず、六之丞にまだ報告があるかという表情で見た。

「殿、酒匂兵衛入道様の亡骸は峠下の茶店にいったん預けてきました。殿のご判断にて動きます」

と答えた。

「酒匂兵衛は、剣術家同士の尋常な勝負と申したのだな」

重兼が六之丞に質した。

「はい。そのうえ……」

六之丞が言葉を止めると、懐から一通の書状を出し、重兼に渡した。その懐には油紙に包まれた別の書状がまだ残っていた。

「酒匂様は、懐に『尋常勝負の事』と表書きした書状を残しておられました」

重兼が封を披《ひら》いて何度か黙読した。そして、相分かった、と六之丞に告げた。

「六之丞、高すっぽさんは無事に薩摩を出られたのね」

眉月が六之丞に念を押した。

「眉姫様、いかにもさようにございます」

と答えた六之丞が、未だ大事そうに懐に入れていた油紙を取り出して、その場にいる全員の注視を浴びながら開いた。するとそこには、

「渋谷重兼様、渋谷眉月様」

と宛名書きのある書状二通があり、六之丞はそれぞれに渡した。

「高すっぽさんが私に宛てた文なの。いつ書いたのかしら」

「殿、眉姫様、高すっぽは、徹宵して書状を認めておりました。最初から峠で別れる折りにおいに渡す心積もりのようでした」

重兼も眉月も若者が昨夜認めたという分厚い文を手にしたが、二人はすぐに披こうとはしなかった。

「眉姫様、高すっぽからの文ですぞ。読まなくてようございますか」

六之丞が眉月に催促するように言った。

「六之丞、これは私に宛てられた文です。独りになって読みたく思います」

と眉月が答え、

「爺様はどうぞお読みください」

「眉、およそ文の中身は推測がつくでな。わしもあとでゆっくり読むとしよう」

と重兼も言った。

「ふーん」

と思わず鼻で返事をした六之丞が、

「おお、これは失礼をいたしました。未だ一つだけ大事なことを話し忘れておりました」

と言い出した。

「なにを話し忘れたのだ、六之丞」

と大前が質した。

「久七峠の向こうへと高すっぽの姿が消えていき、残照の中でふたたび蟬どもが鳴き始めました、そのときです」

峠の向こうから、

「わおっ!」

という雄叫《おたけ》びを六之丞は聞いた。

(ないごっ)

肥後側を驚きの顔で振り返った六之丞の耳に、

「蟬は鳴き申すぞ、眉姫様!」

という大音声《だいおんじょう》が、蟬しぐれを割って伝わってきた。


「……おいの幻聴、それとも聞き間違いでしょうか」

「旅人がほかにも久七峠におったのか」

大前が六之丞に質した。

「いえ、峠越えするには刻限も遅うございます。旅人は見かけませんでした」

「蟬しぐれが峠に響いていた中での雄叫びじゃと、空耳《そらみみ》じゃな」

大前が六之丞にそう決めつけ、眉月が重兼を見た。

しばし沈黙していた重兼が、

「眉、薩摩を出た若武者の叫び声じゃ」

「爺様、高すっぽさんは口が利けるのでございますか」

「おお、口が利ける」

「殿、口が利ける者が、なぜ口が利けぬ真似をしたのでございますか。そればかりではございませんぞ、われらに名まで伏せ通した」

大前が重兼に質した。

「大前、薩摩国で武者修行する間、名無しどんは己の出自を伏せ、『無言の行』を課したのではないかのう。他国者に薩摩は厳しいでな。眉、そなた、高すっぽが話せるのではないかと、思うたことはないか」

重兼の問いに眉月が沈思した。

「あのお方が頓庵先生のところから麓館に運び込まれて、二月《ふたつき》余、昼も夜も眠っておられました。その後、ようやく正気を取り戻しましたが、なんとなく、曰くがあって、わざと口を閉ざしているのではないかとは感じました」

「あの者、薩摩入国前から肥後へと出て行くまでの二年もの間、『無言の行』をやり通したのじゃ」

「殿、あの若者の正体をご存じでは」

伊集院が質した。

「すでに承知しておる。おそらく眉とわしの書状にその曰くを認めておろう。どうだ、眉、名無しどんの頑固《ぼっけもん》をどう思う」

「爺様」

「なんだ」

「峠を越えて肥後に戻られた高すっぽさんが、二年ぶりに口にした言葉、『蟬は鳴き申すぞ、眉姫様！』とはどういう意でございますか」

と念を押すように質した。

重兼は、

「口が利けることを『蟬は鳴き申すぞ』という大音声でそなたに、眉にただいまの気持ちを伝えたかったのであろう」

という推測を孫娘に告げた。

「高すっぽさんは私を騙しておられた」

と呟いた眉月は長いこと沈思していたが、瞼《まぶた》が潤んで涙が盛り上がった。

「爺様、許します。すべてを許します」

手にした文を愛《いと》おしそうに握りしめた。


坂崎空也《さかざきくうや》は球磨川《くまがわ》河畔の岩場に立っていた。

肥後入りした空也は人吉街道湯前《ゆのまえ》村の古刹《こさつ》浄心寺《じょうしんじ》を訪ね、薩摩の剣術修行の結願《けちがん》御礼に一月《ひとつき》余のお籠り修行を願い、許されて果たし終えたところだ。

岩場から南西に白髪岳が望めた。

一年と八月《やつき》余前、白髪岳の狗留孫峡谷から薩摩入りしたのだ。

(オクロソン・オクルソン様、有難うございました)

と深々と一礼した。

(蟬の一生は束の間だ)

武者修行もまた、明日の保証なき限られた日々だ。

仲秋《ちゅうしゅう》の黄金色の夕暮れが坂崎空也の体を染めた。

終　章

寛政九年（一七九七）九月、江戸は幕府が相対済《あいたいすま》し令を発布し、金銭貸借にからむ諍いは当事者の間で解決するように勧告した。

その際、今回のお触れは、債権や訴訟権を認めない棄捐《きえん》令ではないと断っていたが、貸方の法の保護を大きく損なうことは確実であった。

そのため借金の踏み倒しが頻発して、世間の商いに大きな混乱を引き起こした。なりふり構わず、武士階級の借財を札差《ふださし》や両替商などから減じさせようとした公儀の無能無策ぶりであった。

江戸の商いは沈み込んだままだった。

神保小路の尚武館道場主坂崎磐音の許に薩摩から早飛脚の書状が届いた。

この日、坂崎家では、武者修行に出た嫡子坂崎空也の三回忌法要の日取りなどを話し合うため速水左近、今津屋吉右衛門、老分《ろうぶん》番頭の由蔵《よしぞう》ら親しい面々が集まることになっていた。

その直前に届いた飛脚便だ。

磐音は朝稽古から母屋に引き上げ、おこんに飛脚便のことを知らされた。

差出人の、

「大隅国菱刈郡麓館　渋谷重兼」

なる人物に磐音は覚えがなかった。

道場から磐音と一緒に母屋に連れ立ってきた速水左近に、書状の差出人を示した。

しばし沈思した速水左近が、

「磐音どの、鹿児島本藩の重臣ならば、江戸藩邸を通してこちらに書状を届けられよう。だが早飛脚ということなれば、薩摩領内に散る外城関わりの御仁かのう」

「もしや空也の亡骸《なきがら》が見つかったという知らせではございませんか」

書状が気がかりなおこんが座敷に入ってきて、二人に尋ねた。

「滝壺に落ちてそろそろ二年になろうというのだ。骸が滝壺から上がるものであろうか」

磐音はおこんの言葉を否定しながらも、なんの考えも浮かばなかった。そこへ今津屋吉右衛門と老分番頭の由蔵主従が連れだって姿を見せた。

磐音は、薩摩から書状が届いたことを、二人にも説明した。

「かような日に薩摩から知らせが届くのも奇縁でございますな。なんぞよき知らせであればよいのですが」

と由蔵が言い、

「渋谷重兼様、ですか」

と吉右衛門が呟くように洩らし、思案した。

「覚えがございますか」

と磐音が吉右衛門に質した。そのとき、

「今津屋の呟きで思い出した。その名に覚えがある」

と速水左近が言い出した。

「養父上《ちちうえ》、どなた様でございましょう」

おこんが速水左近に尋ねた。

磐音に嫁入りするとき、町人のおこんはいったん速水家に養女に入り、嫁いだのだ。ゆえに未だ速水左近を養父上と呼んでいた。

「うむ、隠居された前藩主島津重豪様の御側御用を務められた人物が、たしか渋谷重兼どのと申されたような気がする。重豪様が隠居なされて何年も経つゆえ、しかとした記憶ではない。もしその御仁ならば、薩摩藩の外城の領主の一人であったはずだ」

「速水様、間違いございません。渋谷重兼様は隠居なさって薩摩に戻っておいでです」

武家方の内情にも詳しい吉右衛門が答えたとき、師範の依田鐘四郎《よだかねしろう》、客分の弥助《やすけ》、そして江戸勤番に変わった松平辰平《まつだいらたつぺい》、重富利次郎の両名が道場から母屋へと移ってきた。

薩摩から書状が届いたと聞いて、鐘四郎らが顔を見合わせた。

「磐音どの、なにはともあれ書状の文面を確かめるのが先決じゃ」

速水左近の言葉に首肯した磐音が仏間に移り、書状を両手で挟んで合掌し、しばし間をおいて披いた。

磐音は巻紙の書状を黙読していった。

一同が緊張の面持ちでその様子を見つめていた。

「な、なんと」

驚きの声が、磐音の口から洩れた。

「父上、兄上に関わりのあることでございますか」

法事の日取りを決める集いの手伝いに来ていた霧子とともに茶菓を運んできた睦月が、座敷の神妙な気配を察して尋ねた。

磐音が書状から視線を上げて一同をゆっくりと見廻した。そして、書状の文面の一節を空《そら》で読んだ。

「………寛政九年晩夏、一人の若武者が薩摩と肥後の国境久七峠を越えて無事肥後領に立ち戻り候事、尚武館道場主坂崎磐音殿に御知らせ申し上げ候」

一座にざめわきが走った。

「おまえ様、一人の若武者とは何者にございますか」

おこんが質した。

「大隅国菱刈郡麓館にこの一年半余暮らしてきた若者は、名乗らず、口も利けず、麓館では名無しどんとか高すっぽと呼ばれていた者じゃそうな」

「先生、高すっぽとは、空也様が肥後で呼ばれていた異名です」

坂崎空也の最期を見届けた霧子が驚きの声で磐音に告げた。

「ご一統様、暫時《ざんじ》お待ちくだされ。それがし、書状の最後まで読み下します」

と断った磐音が巻紙の途中から素早く読み進めていった。

一同が磐音の表情からなにかを得ようと凝視していた。

磐音が最後まで読み切り、しばし沈黙すると、

「ふうっ」

と大きな息を吐いた。

「身罷《みまか》ったはずの空也が生きておるのでございますか」

おこんが問うた。

「おこん、その名無しの若者は、豊後関前神社のお守りと短い文を入れた革袋だけを持って、川内川中流域の葭原に流れ着いたそうじゃ。それを渋谷様と孫娘の眉月様方が舟で通りかかり、発見したと認められてある。一昨年の師走のことじゃそうな」

「おまえ様、関前神社のお守りを持っている以上、空也に間違いございません」

おこんが全身の力が抜けたように虚脱した。そして、両手で顔を覆い、

「南無大師遍照金剛《なむだいしへんじようこんごう》」

と呟き始めた。その両手の指の間から涙が滂沱《ぼうだ》として流れて、止《と》め処《ど》もなかっ

た。

「兄上が生きておられた」

睦月がぽつんと呟いた。

どう捉えてよいか、分からぬような睦月の独白だった。

だれもが同じ気持ちで、薩摩からの書状に狐につままれたような感じを持った。

それもそうだろう。この足掛け三年、空也は肥後と薩摩の国境で薩摩の外城衆徒の一団と死闘を演じて底なしの滝壺に墜落して死んだと、それぞれが心に言い聞かせてきたのだ。それが……。

「ご一統様、私が早まった判断をなしたのでございましょうか」

霧子が己を責める言葉を吐いた。

「いや、渋谷様の書状には、『狗留孫峡谷の滝壺に落下した者に生還の例はなし、名無しどんもまた瀕死の状態にて発見され候』と認められてある。そのあと、二月以上も生死の境を彷徨うたそうだ。霧子、そなたが判断を間違えたわけではない。空也が生きておるのは、天の運命《さだめ》と、渋谷重兼様ご一族の絶大なる尽力のお蔭じゃ。起こりえないことが起こったのじゃ。椿事《ちんじ》、奇跡と呼んでよかろう、霧子」

顔に硬い笑みを浮かべた磐音が書状を巻き戻すと、速水左近に渡した。

磐音は、速水左近を除く一統に、

「渋谷様は、名無しあるいは高すっぽが姓名を名乗らず、口を利かぬことを薩摩入りの『無言の行』として己に課したのではないかと推測しておられた。さらに渋谷重兼様は、孫娘渋谷眉月様が、名無しの若者から『坂崎空也』と掌に指で書いて名を教えられたことを認められておられる」

一同は沈黙したまま考えを纏《まと》めようと努めていた。

「磐音先生、肥後から日向、薩摩と、二年以上も空也様は口を閉ざしたまま過ごされたのですか」

利次郎が尋ねた。

「どうやらそのようじゃ。肥後に戻る若武者を峠まで見送った渋谷様の家臣宍野六之丞どのは、肥後側の峠の向こうから、何者かの雄叫びを聞いたそうな。そして、『蟬は鳴き申すぞ、眉姫様!』とさらに叫んだという。渋谷重兼様は二年余の『無言の行』の苦しみから解放された名無しの若者の喜びの大声であろうと認めておられる」

「磐音どの、いかにもさよう。坂崎空也は、薩摩修行を終え、生きて二本の足で肥後国人吉藩領に戻ったのじゃ」

　書状を熟読していた速水左近が首肯し、おこんに言った。

「これ、おこん、泣くときではないぞ。存分に喜んでやるのが母親の務めではないか」

「は、はい」

　おこんが顔を覆っていた両手を開いた。喜びに変わった涙がおこんの両眼から次から次に零《こぼ》れ落ちた。

「いやはや、なんということが起こったか。空也様は薩摩国に潜入し、用心深く生きておられたのじゃ」

　松平辰平が己を得心させるように呟き、

「いや、辰平、生きておられただけではないぞ。渋谷重兼様の孫娘眉月様と昵懇《じっこん》にしておられたようではないか」

　利次郎がいささか羨《うらや》ましげな顔で言った。

　利次郎には、辰平や空也と違い、武者修行の経験がなかった。霧子と所帯を持って関前藩に武家奉公した今も、利次郎の胸中にはそれが引け目としてあった。ゆえに空也の薩摩での武者修行を羨望の気持ちで聞いていた。そして気持ちを切り替えて霧子に質した。

「霧子、姉としてどのような気持ちじゃ」

「利次郎様、空也様とて、もはや十八の若武者にございます。薩摩での剣術修行の合間に渋谷眉月様と親しくなられたのです、喜ぶべきことでございましょう」

霧子の表情もまたどことなく複雑だった。

そのとき、

「おい、どうしたのだ、ご一統」

と庭先に立って声を発したのは竹村武左衛門《たけむらぶざえもん》だ。

そのかたわらには尚武館道場の客分小田平助《おだへいすけ》、高弟の田丸輝信《たまるてるのぶ》、品川幾代《しながわいくよ》と柳次郎《りゅうじろう》親子ら川向こうの面々の姿があった。

「ご一統様、薩摩から予想だにせぬ知らせが届いたところにござる。空也と思しき若武者が、いや、坂崎空也が生きておったそうな」

「な、なに、滝壺に落下して骸も上がらなかったのではなかったか」

磐音の説明に武左衛門が抗うように言った。

「薩摩の外城領主の渋谷様ご一統に、瀕死の状態で助けられたというのです」

と磐音が前置きして、書状の伝えるところを話した。

「真《まこと》の話であろうな」

武左衛門の念押しに速水が書状を見せた。

「われら、本日川向こうから参ったのは、三回忌の日取りを決めるためではなかったか。法要はどうなるのだ」

「武左衛門どの、空也様が生きておいでなのです。三回忌どころではございませんまい。祝い事に変じました」

武左衛門を諭《さと》すように幾代が言った。

「幾代様、そう急に言われてもな。気持ちが定まらぬぞ」

武左衛門もどことなく困惑の体《てい》だ。

「魂消たばい。西国の薩摩は異国たい。なにが起こってん、不思議じゃなかと。なんちいうてんくさ、こたびの一件はめでたか話じゃなかね、武左衛門さん」

「死んだと思うちょった倅が生き返ったか。坂崎磐音、おこんさん、どげん気持ちな」

武左衛門が小田平助の西国訛りを真似て夫婦に質した。

「信じられぬの一語に尽き申す。それがしもおこんも睦月も、空也の死をようよう受け入れて三回忌法要を催す決断をしたところにござる。ご一統様にはお騒がせ申し、ただただ恐縮至極、申し上げる言葉もござらぬ」

　と磐音は言った。

「亭主どのの言葉に逆らうようですが、一時《いっとき》たりとも空也が死んだことを信じておりませんでした。ただ今は、生きているという事実を素直に受け止めきれずにおります」

　こちらも母親の気持ちを正直に吐露した。

「おこん様、それが真の母親の気持ちですよ」

　幾代が笑みを浮かべた顔で言った。幾代に頷き返したおこんが、遠い彼方を眺める眼差しで庭の上の空を見た。

　その場にいるだれもが、薩摩からもたらされた事実をなんとか胸の中で咀嚼《そしゃく》しようとしていた。

　坂崎家の座敷に長い沈黙が漂った。どのような言葉も無益で無意味のような気がしたからだ。

　沈黙を破って唐突におこんが言った。

「霧子さん、空也はあなたに助けられたのです」

「おこん様、私の思い違いのせいで、この一年半以上、間違えた判断で皆様を悲しませたのです」

霧子の言葉におこんが頭《かぶり》を振った。

「あなたが空也のあとを追ってくれたお蔭で空也の行動を知ることができました。空也が空也なりに薩摩に立ち向かえたのは、雑賀衆姥捨の郷に生まれ、物心ついた折りの経験が薩摩でも大いに助けになった筈です。霧子さん、あなたにいくら感謝してもしきれません」

「おこんの言うとおりじゃ。霧子、こたびの空也の薩摩での生き方は、武者修行の若者が考えつく所業ではない。姥捨の郷生まれの空也ゆえ薩摩で生き抜けたと言えよう」

磐音もおこんの言葉に賛意を示した。

「無事に生きておられるうえに、空也様は眉月様なるお姫様のお心も摑んでおられるようだな」

弥助が独白した。

「姉として姥捨の郷で空也様を迎える日を楽しみにしております」

霧子がさばさばした声音で言い、

「武者修行の最後は姥捨の郷であろう」

と磐音が呟き、

「何年先でございましょう」

と霧子が質した。

だれからも言葉は返ってこなかった。

睦月が話柄を変えた。

「兄上ったら、一番ずるいわ。江戸では大勢の方を嘆き悲しませていたというのに、肥後でも薩摩でも皆さんの助けと情けでのうのうと生きておられたのですから」

「睦月、空也の生まれつき備わった人柄が、皆々様のお力を借り受けるようにさせるのです」

おこんが娘に抗弁した。

「それをずるいと言うのです。兄上はきっとそんな気性を自分で承知なのです。母上、父上、どちらの血を引いたのかしら。武者修行に行って、死んだかと思わせたり、口が利けない振りをしたり、その一方で眉月様には、自分の名前をちゃっかり伝えておられる。剣術の稽古はちゃんとしたのかしら」

妹ならではの遠慮のなさで睦月が言い放った。

「そのことだが、渋谷重兼様からは、たった一行、『名無しどんの武術、滅多になき偉才に御座候』と認めてあった」

「偉才ですか」

利次郎が思わず質した。

「利次郎どの、その才が垣間見えても、結実を迎えるのは今後の精進次第ということかのう」

磐音が重兼の書状の文面を解釈した。

辰平が気にした。

「空也様は、東郷示現流に出会われたのであろうか」

「重兼様は薩摩での修行にはまったく触れておられぬ。示現流は門外不出の御家流儀ゆえ、そうそう容易く触れることはできまい」

磐音はそう推測した。

「おい、磐音先生」

武左衛門が話に割り込んできた。

「本日は坂崎空也の三回忌のあれこれを決めるゆえ、こうしてご一統が多忙の砌《みぎり》集ったのじゃ。それが急に取りやめになった。集いは散会か」

「いえ、武左衛門様、祝いの宴に改めます。本日は心ゆくまでお酒をお召しあがりください。後日、奥方の勢津《せつ》様には私からお許しを願います」

「おこんさん、そうでなければ空也が生き返った気持ちにならぬでな」

おこんの言葉に女衆が急いで坂崎家の台所に向かった。


その夜、おこんは床に入る前に仏壇の前に座して合掌した。

（お父っつぁん、空也は生きておりました）

おこんが亡き父に語りかけると、

（おこん、そうでなくちゃあな。なんにしてもめでてえこった）

と金兵衛《きんべえ》の声が響いた。

（ありがとう、お父っつぁん）

（空也の修行は始まったばかりだぜ。肝心なのはこの先だ）

はい、と仏壇に向かって返事をするおこんの背を磐音はただ見ていた。

そして、

（蝉は鳴き申す、か）

胸中で呟いてみた。

あとがき

出版不況がうんぬんされ始めたのは二十年余前のことか。さらにこの数年の活字離れは深刻さを極めて激化させている。町の書店が次々に閉店し、ついには大所の書店チェーンが合従連衡《がっしょうれんこう》し、取次企業の傘下に入る報せは枚挙にいとまがない。

私がなんとか生き延びてきた文庫書き下ろしも下降線を辿っている。もはや二、三年前の本造りの経験や知恵が役に立たない。図書館問題、電子書籍、二次販売などなどその原因が論じられる。だが、紙の本が売れなくなった真因を作家も出版社も書店も見極められずにいる。

本を売るだけでは成り立たず、文房具、アニメ関連のグッズが売られ、喫茶コーナーが設けられたカフェと見紛う「本屋」が次々に出現している。

それでも作家は本を書き、出版社は本を編み、書店は売らねばならない。

この時節に「居眠り磐音 江戸双紙」の新作に挑んでよいのか、迷った、悩んだ。迷いを残しつつ、取材の旅に出た。

日向、肥後、薩摩の国境を同行の娘と一緒にレンタカーで往来した。

ある峠に立った時、父の故郷がすぐ近くだと気付いた。

その瞬間、若くして亡くなった父の面影を思い出した。戦争に徴用され、家に戻った父は寝たり、起きたりで精力的に仕事をしている姿は記憶にない。新聞販売店であったわが家の一月一度の証券（領収書のことだ）書きをしていたくらいしか思い出せない。

時に幼い私を連れてせいぜい三十軒余の新聞配りに行き、最後は鹿児島本線の信号所に立ち寄って茶を喫するのが習慣だった。

信号所の二階からは、福岡港に運ばれる米軍の戦車を積んだ貨物列車が見えた。

昭和二十五年、朝鮮動乱の最中だったのだ。

その父の故郷が熊本県球磨郡だった。小学校に上がっていたかどうか、五つ年上の姉に手を引かれて、折尾《おりお》駅（北九州市）から熊本の人吉まで夜行列車に乗った。夏休みを父の実家で過ごすためだ。その夏にばあちゃんが亡くなったこともあって、ひと夏の記憶は鮮明に覚えている。

両親に親孝行などなした覚えは一つとしてない。

父が亡くなったのは、私が東京の大学に入った頃のことだ。東京暮らしが楽しくて両親にも家にも目が向かなかった。

父の記憶を空也の物語に生かしてもいいな、と峠道で思った。

熱海に戻り、「空也十番勝負 青春篇 声なき蝉（上下巻）」を悪戦苦闘して書いた。

新作を書くつもりで書いた。だが、この小説を「居眠り磐音 江戸双紙」の後編と受け取るか、新作と受け取るかは読者諸氏の自由だ。

もはや「居眠り磐音 江戸双紙」のような長大な物語にはなり得まい。

一つにはこちらの年齢だ。七十代半ばに差しかかり、十数年前の体力はない。もう一つには活字離れ、あるいは出版不況で出版ビジネスの見通しが立たないゆえだ。

だが、どんな状況下でも小説家は小説を書くしか能はない。

書店が近くにある読者諸氏にお願い申します。書店さんが近くにない方は、大きな町を訪ねた折りにふらりと本屋の書棚を覗《のぞ》いてください。そして、だれの本でもいい、手にとって紙の本の感触を改めて確かめてください。

電子書籍など出版物が生き残る道は残されているのだろう。だが、その前に書店さんで、

「ああ、今の本の傾向はこんなふうか」

と自分の目と手で確かめていただきたい。それが書店さんを元気づけ、小説家を生き残らせる道なのです。そして、「空也十番勝負 青春篇」の物語が一巻また一巻と展開できる唯一の道なのです。

平成二十八年九月二十七日　熱海にて

佐伯泰英

決定版刊行によせて

「空也十番勝負 青春篇」の『未だ行ならず』上・下巻（双葉文庫）を刊行したのは二〇一八年十二月十六日のことだ。以来、六番勝負以降中断したままだ。その曰くについて、双葉文庫版のあとがきを文春文庫決定版に再録させてもらう。この文章にはなぜ私が中断したか、当時の筆者の気持ちが素直に書かれていると思ったからだ。

＊　＊　＊

「空也十番勝負 青春篇」を五番勝負の『未だ行ならず』で幕を閉じようと思う。
理由はいくつかある。

まず西国での武者修行は、当初筆者が考えた以上に長くなり、五番勝負七冊でも決着しそうにないことだ。緻密に構成を立てて執筆する小説家から見れば笑止の沙汰だろう。

幾たびも書いてきたことだが、パソコンの前に座り、ディスプレイと対面したときにアイデアが頭に浮かんで、瞬間的にキーボードを叩く。

うーむ、五番勝負までできても未だ九国を出ることができないか、これはまずい。

一方で出版不況は日に日に険しさを増している。のんびりとシリーズを書き継ぐ時代は終わった、と筆者は考えながらも、このような醜態をさらすことになってしまった。

また空也が物語の中で二十歳を迎えることもあり、もはや青春篇とは呼べまいということにも気付かされた。とすると、青春篇は五番勝負七冊で幕をおろし、しばし休みを頂戴し、「空也十番勝負 再起篇」（そのようなことができるかどうか想像もできないが）を考えてもよいのではという考えに立ち至ったのだ。

最後に筆者の年齢が昔風にいえば喜寿を過ぎ、体調維持が難しくなったことをあげねばなるまい。ともかく登場人物の名や道具の呼び名がなかなか思い浮かばない。手はキーボードを叩く構えだが、頭のなかに言葉が浮かばないのだ。その微妙な感覚の差に苛立ちが募る。

時代小説文庫書き下ろしという出版スタイルで、最初の『密命　見参！　寒月霞斬り』が刊行されたのが平成十一年一月ゆえ、新春を迎えれば、ちょうど丸二十年全力で走り切ったことになる。

折しも平成の天皇は退位され、新たなる時代が到来する。ここでしばしのお休みをいただいて、ただただ我武者羅《がむしゃら》に走ってきた「仕事」を見直すには、よい機会となろう、と勝手な理屈を考えた。

かような諸々の理由に鑑み、「空也十番勝負　青春篇」を五番勝負の『未だ行ならず』で了としたい。

読者諸氏の長年の御愛読に感謝し、お詫び申し上げる次第です。

どなた様も良いお年をお迎えください。

平成三十年師走　熱海にて

さて、中断からおよそ二年半、この間に決定版「居眠り磐音」五十一巻を文春文庫から刊行した。筆者にとって一番長いシリーズの決定版が文春文庫の陣列に加わったとき、「空也十番勝負」を五番勝負で「了」としたことを反省もし、悔いもした。

やはり「居眠り磐音」と「空也十番勝負」の二つのシリーズは、父と子の長大なひとつの物語であり、この父子ふたりを描ききることがひとつの作品として完全なる「了」へと導くのだと強く思った。

そんな想いからまず五番勝負七冊の決定版を二〇二一年八月より師走十二月まで五か月にわたり、刊行するために読み直した。

「居眠り磐音」の第一巻『陽炎ノ辻』の冒頭、主人公坂崎磐音は二十七歳、豊後関前藩の家臣として藩政改革の想いを胸に秘めて親友の河出慎之輔と小林琴平と国許の城下を見下ろす峠道に立っていた。磐音は立派な成人であり、信念をもった藩士であった。待っていたのは謀略と悲劇だ。

*　*　*

一方、磐音の嫡男空也は十六歳で豊後関前を発《た》ち、武者修行を志して薩摩藩の国境に向かった。空也には若さゆえの計算なしの挑戦心だけがあった。その若武者を無言ながら空也上人の言葉で戒めたのが三十七年もの歳月、遊行する僧侶であった。

（捨ててこそ）

筆者は若い空也を武者修行という修羅場に送り出しながら、筆者の都合で無責任にも放置してしまった。五巻七冊を読み直してやはり筆者は改めて思った。「空也十番勝負」は、「居眠り磐音」で描けなかった主人公の青春期が主たるテーマになる、となれば父親と同じ道を志す若武者の脳裏には父親の存在が常にあるはずだ。

倅《せがれ》は未知の旅の空の下、生死の戦いの場に直面した折、

（父親ならばどうするか）

と考え、そして、最後には、遊行僧の無言の教え、

（捨ててこそ）

と空也上人の言葉を思い出しつつ、備前長船派修理亮盛光に己の「生死」を託するはずだ。

そんなことを考えながら五番勝負七冊を読み返した。

繰り返す、若い空也の先行きを書くことは父親の磐音の半生を振り返ることだ。
ともあれ「空也十番勝負」を決定版として連続七冊再刊する。

来年の正月には新作「空也十番勝負」の六番勝負となる『異変ありや』（仮）を刊行する。そして、空也の物語がいち段落ついた折には、坂崎磐音の晩年を書きたいというのが筆者の願望だ。だが、筆者の年齢を考えると坂崎磐音の彼岸への旅立ちが早いか、筆者の死が先か、なんとも微妙なことになった。

筆者は己の創り出した人物坂崎磐音・空也から多くのことを教えられた。つまりかような人物に為れればと理想とし、夢見た人物がこの父子、いや、坂崎磐音だった。

天のさだめに従い、筆者が生き残って、この長大な物語に「完結」の二文字が認《したた》められるならばこれほどの至福はあるまい。さてどうなるか。

令和三年（二〇二一）水無月　熱海にて

佐伯泰英

文春文庫

声《こえ》なき蟬《せみ》 下
空《くう》也《や》十《じゅう》番《ばん》勝《しょう》負《ぶ》（一）決定版

定価はカバーに
表示してあります

2021年8月10日　第1刷
2022年8月5日　第2刷

著　者　佐《さ》伯《えき》泰《やす》英《ひで》
発行者　花田朋子
発行所　株式会社 文藝春秋

東京都千代田区紀尾井町 3-23　〒102-8008
TEL 03・3265・1211㈹
文藝春秋ホームページ　http://www.bunshun.co.jp

落丁、乱丁本は、お手数ですが小社製作部宛お送り下さい。送料小社負担でお取替致します。

印刷製本・凸版印刷
Printed in Japan
ISBN978-4-16-791732-6